Copyright ©2024 Duda Falcão
Todos os direitos dessa edição reservados à AVEC Editora.

*Nenhuma parte desta publicação poderá ser reproduzida,
seja por meios mecânicos, eletrônicos ou em cópia reprográfica,
sem a autorização prévia da editora.*

Editor: *Artur Vecchi*
Ilustração de capa: *Fred Macêdo*
Projeto gráfico e diagramação: *Bruno Romão*
Revisão: *Camila Villalba*

F 178

Falcão, Duda
A tumba do maestro / Duda Falcão. – Porto Alegre :
Avec, 2024.

ISBN 978-85-5447-227-6
1. Contos brasileiros I. Título

CDD 869.93

Índice para catálogo sistemático:
1. Contos: Literatura brasileira   869.93

Ficha catalográfica elaborada por Ana Lucia Merege – 4667/CRB7

1ª edição, 2024
Impresso no Brasil/ Printed in Brazil

AVEC Editora
Caixa Postal 7501
CEP 90430-970 – Porto Alegre – RS
contato@aveceditora.com.br
www.aveceditora.com.br
Twitter: @avec_editora

A TUMBA DO MAESTRO
DUDA FALCÃO

AVEC
EDITORA

Porto Alegre
2024

SUMÁRIO

A tumba do maestro 7

Devorador de Mundos 12

Cidade de Ferro 30

O diário de Renfield 43

Condessa das Trevas 49

A sala secreta do duende dourado 51

Pechincha 68

Guízer contra a aranha de mil filhotes 69

O monge menestrel 99

O olho de Tullging 104

Cavalo de Troia 120

Becky Star e Ronnie na zona morta 131

A mansão etérea 145

A TUMBA DO MAESTRO[1]

O ladrão pulou o muro do cemitério. Seus pés tocaram a grama do outro lado como se fossem plumas. Estava acostumado com o seu ofício. Caminhou sorrateiro pelas alamedas arborizadas. Sabia que um guarda acompanhado de um cachorro podia patrulhar o local durante a madrugada. Mas apostava que os dois apenas estivessem descansando na casinha do vigia. Naquele frio, proteger a suposta riqueza dos mortos não era algo convidativo.

Tinha esperança de que esse fosse o último dos seus trabalhos. Estava cansado de mexer nos bolsos de defuntos, tatear seus punhos em busca de relógios, colares e joias em seus pescoços. Arrancar dentes de ouro de seus falecidos donos era um dos fins mais lucrativos de suas empreitadas. Bastava um pouco de paciência e um alicate. Mas não gostava nada quando se deparava com algum rato entalado em suas gargantas ou vermes devorando bocas fedorentas. Já encontrara cartas de familiares sobre o peito dos cadáveres e até mesmo moedas e dinheiro em fundos falsos dos caixões. Seres hu-

---

[1] O argumento desta narrativa foi publicado pela primeira vez em janeiro de 2023 no meu projeto de minicontos "Breves e Fantásticos" que divulgo no @covildoescritor. O texto, em forma de conto, entretanto, teve uma publicação em outubro de 2023 na Revista Odisseia de Literatura Fantástica 1.

manos sempre são muito criativos, costumava dizer para os raros comparsas que tivera.

Um dia, escutando uma conversa de bar alheia, acabou sabendo de uma rara partitura que fora enterrada com um maestro maldito. Uma dupla de homens comentava o seu suposto poder de gerar visões quando executada com perfeição. Assim, o ladrão ao chegar em casa vasculhou por informações na internet. Descobriu que a história era tratada como uma espécie de lenda em uma pequena urbe do interior. Datava da primeira metade do século XX.

Como o lugar não era muito longe de Porto Alegre, o larápio pegou um ônibus na rodoviária e se instalou em um hotel barato antes mesmo de anoitecer. Logo no dia seguinte, pesquisou no arquivo público da cidadezinha, procurando por alguma pista mais concreta do que os dados incompletos postados na rede de computadores.

Naquela mesma manhã, achou algumas notícias do jornal local sobre o assunto. Na primeira, leu que a cidade se orgulhava do seu único maestro. Um dos filhos mais ilustres que havia produzido. O jornalista e crítico musical prometia que em breve o homem seria aplaudido pelo mundo, seus dons para compor fariam de Ludwig van Beethoven um simples músico de taberna. Em uma segunda nota, de data posterior, leu que o maestro fora diagnosticado com uma doença terminal. A tristeza se disseminara pelas ruas da cidade, todos temiam pela morte do seu maior rebento que acabara em uma casa de repouso para loucos. A última notícia que bateu os olhos era a que mais precisava. Nela estava o convite do sepultamento e o endereço do cemitério para que todos se despedissem do seu talento mais amado. Uma fotografia do mausoléu em que seria depositado o seu corpo figurava ao lado de seu rosto liso, nariz adunco e cabelos compridos. Naquela página não encontrou nada sobre a tal partitura ter sido lacrada em um caixão com o seu criador. Nesse ponto, teria de acreditar no que lera em um site de curiosidades sobrenaturais. O editor afirmava que a sinfonia do maestro fora escondida no esquife do músico pelo próprio irmão, que não tivera coragem de destruir o papel amaldiçoado.

Ele estava ali para apostar. Mais de uma vez entrara nos portões da morte para sair de mãos vazias. Talvez, enfim, encontrasse algo de valor. Uma obra desse porte podia valer uma fortuna se de fato existisse. Tinha contatos no mercado paralelo que podiam pagar muito bem pelo raro item.

Do arquivo se dirigiu para uma lancheria. Comeu o suficiente, depois se encaminhou para o cemitério. Tinha memória fotográfica. Não precisou desenhar um mapa com as vielas, não fez nenhum registro com o celular. Gravou em sua retina o melhor caminho para atingir o seu objetivo. Deixou o campo santo e ficou de tocaia do outro lado da rua, observando como funcionava a rotina da segurança.

A troca de turno dos vigias ocorreu às 20 horas. O cão da tarde permaneceu com o guarda. Não tinha aspecto de perdigueiro, nem mesmo de ser um cachorro bravo. Se fosse necessário, o ladrão sabia que podia dar conta dos dois. Voltou para o hotel, tomou um banho e fez um lanche. Depois da meia-noite saiu pela janela. Tivera o cuidado de se hospedar no andar térreo. Não queria ser visto. Consigo levava o seu principal instrumento de trabalho: um pé de cabra.

Entre os muros de tinta descascada da morada dos mortos avançou com cuidado. De dia as estátuas não pareciam tão ameaçadoras. Contudo, durante a noite adquiriam um aspecto lúgubre e de sentinelas. Passou por um anjo de feições femininas que parecia observá-lo do alto de um túmulo de mármore. Em geral, não se intimidava com objetos ou coisas sem vida. Mas uma estranha sensação de calafrio tocava seu pescoço.

Pelo canto dos olhos teve a impressão de que a cabeça da estátua havia se virado para acompanhar sua caminhada. Decidiu olhar para a frente; não queria se impressionar com ilusões de ótica produzidas por sombras. Avistou o mausoléu do músico. Quando estava próximo escutou um farfalhar de asas sobre a sua cabeça. Chegou a espanar um bicho

voador que encostara em seus cabelos. Talvez fosse um morcego. Mas não teve certeza. Praguejou em voz baixa devido ao susto e continuou.

Um cadeado velho e uma corrente lacravam a porta de metal da casa mortuária. O malandro posicionou o pé de cabra com maestria. Poucos movimentos foram suficientes para arrebentar um dos elos de ferro. O piar de uma coruja abafou o barulho do serviço no momento certo. Ele não perdeu tempo e empurrou a porta, que produziu um som agudo devido às dobradiças enferrujadas.

Até ali se guiava pela luminosidade da lua. Ao entrar no mausoléu ligou uma pequena lanterna. Apontou para o fundo e avistou uma tumba suntuosa. Se aproximou. O nome do maestro estava inscrito na caixa de pedra. Colocou sobre o rosto uma máscara de pano para evitar os maliciosos gases da morte que subiam no momento em que se abriam túmulos.

Aquele trabalho não era tão difícil quanto escavar. Bastava usar o pé de cabra como alavanca. Começou a tarefa. Tinha de ser minucioso para não deixar a tampa cair no chão. Não queria alertar com um barulho desnecessário a sua presença. Inseriu a ponta da ferramenta em uma fresta e empurrou com cuidado a cobertura de pedra. Assim procedeu durante mais alguns minutos, até que enxergou a cabeça do cadáver e o seu peito. Parou o procedimento. Especulou com a lanterna. Em uma das cavidades oculares do antigo crânio um besouro esverdeado caminhava. Suas antenas se moviam como se avisasse ao invasor que não queria ser perturbado. O músico ainda preservava longos cabelos de fios brancos e cinza. Suas mãos estavam cruzadas sobre o peito. Ele vestia um paletó puído e listrado.

Entre os dedos esqueléticos o ladrão viu um rolo de papel. Só podia ser a pauta musical. A partitura tinha uma aura sombria e assustadora, como se tivesse sido escrita por alguém possuído pelo próprio demônio. No entanto, a cobiça falou mais alto, e ele não conseguiu resistir à tentação de levá-la consigo. Com cuidado roubou de seu proprietário o objeto tão desejado. Desenrolou o pergaminho intitulado "O som do abismo". Os símbolos musicais tremularam sobre as linhas. Fusas, semifusas, breves, semibreves, mínimas, colcheias, semínimas, semicolcheias, claves, invadiram como um pesadelo os pensamentos do golpista. Em seguida, a ferro e fogo imprimiram sua magnitude cósmica e horrível nas retinas e no cérebro do homem, deixando-o atordoado e febril. Uma onda de calor percorreu o seu corpo e o papel incendiou em seus dedos trêmulos.

A sinfonia sobrenatural e ensurdecedora detonava os tímpanos do saqueador de tumbas como uma lâmina afiada. Instrumentos de sopro, de cordas, de percussão e outros ainda desconhecidos da humanidade aumentavam sua intensidade, arrastando o larápio para um vórtice de loucura incurável. Seu cérebro estava a ponto de explodir. Alucinações tomaram conta de sua visão.

Ele deixou a decrépita edificação em uma corrida desengonçada e caiu ajoelhado sobre o gramado rodeado por lápides, testemunhas de sua dor lancinante. Por fim, aos brados deitou-se em posição fetal, como se assim pudesse afastar o tormento que o afligia. O vigia de plantão e o seu cão o encontraram desesperado. O sujeito chamou a polícia.

Os homens da lei o agarraram quando chegaram, arremessando-o para dentro do camburão. Os berros ensandecidos do prisioneiro não paravam. Na delegacia não conseguiram acalmá-lo, nem colher um simples depoimento. Como aquele era um comportamento inusitado, os policiais decidiram levar o ladrão direto para o pequeno sanatório da cidade. Talvez algum médico conseguisse dar conta do indivíduo.

Os meses se passaram e o homem permaneceu na casa de repouso, em uma ala afastada para não contaminar com a sua demência os outros pacientes. Sua garganta ferida de tanto gritar, hoje em dia, produz apenas um ruído engasgado. Agora não havia mais uma partitura para preservar "O som do abismo", toda a sinfonia cósmica e sobrenatural habitava a mente quebrada do ladrão.

DEVORADOR DE MUNDOS

Os últimos acordes eram complexos, porém Róbson começava a superar o professor. Já tinha aprendido tudo o que podia naquela escola de música. No final do ano faria a prova de seleção para o ingresso na faculdade. Sua especialidade eram os instrumentos de cordas. Tinha muita habilidade tocando violão, mas também sabia tocar violino e piano. Apertou a mão do professor, agradecendo pela aula, e saiu da sala. No saguão, foi conversar com a secretária. Ainda precisava pagar uma mensalidade. Tinha atrasado o mês anterior. Essa má fase financeira contribuía muito para que deixasse os estudos formais e se dedicasse às partituras como autodidata até o dia do exame na federal.

Seus pais moravam no interior; fazia pouco tempo que ele tinha vindo para a capital e precisava economizar o dinheiro que conseguia quando tocava esporadicamente em algum barzinho da Cidade Baixa. Recém havia completado dezoito anos — se tivesse menos, seria um problema até mesmo para conseguir esse tipo de bico.

— Meus últimos tostões — disse Róbson antes de rapar a carteira.

— Não tá fácil pra ninguém — disse a secretária. — Se os alunos continuarem desistindo do curso, acho que vou pro olho da rua.

A mulher riu meio sem graça. A situação econômica no país não era das melhores. Róbson, ao escutar aquela frase, não teve coragem de dizer que não viria no mês seguinte. Engoliu as palavras e se despediu dizendo que as coisas iriam melhorar. Antes de sair, o violonista olhou para trás e viu um jovem olhando para ele. O estranho carregava uma pasta no colo. Devia guardar lá dentro uma flauta. Sem dúvida esperava sua vez para assistir alguma aula. Naquela academia de música se estudavam diversos tipos de instrumentos, desde os de corda até os de sopro e de percussão. Dava para escutar alguém tocando bateria; a vedação acústica não conseguia abafar por completo o som.

Antes de ir para casa, Róbson decidiu tomar uma cerveja. Entrou no bar que ficava na esquina oposta à do curso. Talvez encontrasse alguém conhecido. Sentou-se em uma mesa e lembrou que naquela noite passaria o jogo do seu time na televisão. Decidiu ver a partida até o final. Pediu uma porção de batatas fritas para aplacar a fome. Anotaria os gastos no caderninho do bar. No final do mês pagaria a conta sem falta. O jogo estava ruim, trancado no meio-campo. Quase não ocorriam lances de ataque. Um final de zero a zero talvez fosse o resultado mais provável. Foi quando escutou uma voz suave ao seu lado:

— Oi. Posso sentar com você?

Róbson identificou o garoto que estava na academia de música. Antes que pudesse dizer alguma coisa, o outro falou:

— Somos colegas. Eu também estudo música. Posso sentar?

— Ah... Pode, sim. Desculpe a minha grosseria. Eu estava acompanhando o jogo.

— Eu não queria atrapalhar. Podemos conversar outra hora.

— Imagina. Fique à vontade. Falar de música é melhor do que falar de futebol. Sente-se.

O rapaz puxou uma cadeira.

— Escutei você tocando hoje. Foram somente alguns minutos, mas o suficiente para perceber que você é habilidoso.

— Obrigado. Às vezes duvido disso.

— Por quê?

— Falta reconhecimento da sociedade. Você estuda, estuda e o que toca na rádio é só bomba.

— Não dá para confundir sucesso com talento. Na maior parte das vezes são coisas que não andam juntas.

— Tenho dificuldade para entender isso, mas sei que você tem razão. Eu sou Róbson. Qual o seu nome?

— Henrique.

— Você tem uma flauta aí nesse estojo?

— Tenho uma transversal.

— Legal. Eu ainda quero aprender instrumentos de sopro. Mas sempre falta o ímpeto para iniciar. Me acostumei muito com cordas.

— Eu posso ensinar você. Ao menos as coisas básicas.

— Bem que eu gostaria. Mas estou duro. Sem grana no momento.

— Isso não é problema. Eu mostraria para você sem cobrar.

— Não posso aceitar. Aí estaria explorando o trabalho de outro músico.

— Você me ensina alguns segredos do violão. Então ficamos quites. O que acha?

— É... Aí, sim. Acho que pode ser.

Henrique abriu um sorriso e chamou o garçom para pedir mais uma cerveja. O jogo de futebol terminou, porém Róbson não foi para casa. Decidiu conversar com o novo conhecido até o bar fechar. Bêbados, os dois deixaram o lugar abraçados, segurando-se para não cair na calçada. A dupla dormiu no apartamento de Róbson, que ficava ali perto.

Róbson acordou com dor de cabeça. Sentiu um cheiro de queimado e pulou da cama. Sentiu uma tontura devido à ressaca que quase o derrubou. Abriu a porta do quarto e chegou à cozinha, que ficava contígua à pequena sala. No fogão, uma frigideira com ovos fritos queimava. A televisão estava ligada em um noticiário. Henrique desligava de maneira apressada o gás.

— O que está acontecendo aqui? — perguntou Róbson.

— Fui eu, meu amigo. Desculpe. Comecei a fazer uma omelete e dormi na frente da tela. Mas acho que ainda dá para comer com um pãozinho. Quer?

Róbson olhou para os ovos e, como estava com fome, arriscou.

— Também fiz café preto — disse Henrique.

— Acho que vou voltar para a cama. Minha cabeça está virada em um pandeiro.

— Não vai, não. Suas aulas iniciam hoje. Desistiu de aprender?

— Não... É que... Estou derrubado hoje.

— Toma esse café aqui e pare de reclamar. Vamos. Você tem um ouvido sensacional. Em pouco tempo já vai estar tocando as primeiras melodias. Lembra que te falei dos meus amigos? Vou te apresentar para eles assim que você estiver preparado.

— Seus amigos existem mesmo? No fundo, pensei que não passavam de uma brincadeira sua. História de bêbado.

— Olha bem para mim e me diz se estou bêbado agora. Tudo o que falei é verdade. Vamos. Bebe logo esse café que preparei para nós e vamos treinar as primeiras melodias.

— Tá ok. Pelo visto, você é que manda.

— Querido, não seja difícil. Vamos nos divertir.

Róbson tomou o café e foi para o banho. Quando voltou, começou sua primeira aula de flauta transversal. Naquela semana, Henrique ficou na casa do amigo. Os dois estudaram juntos, conversaram sobre a vida e viveram bons momentos. Em geral, enquanto Róbson praticava, Henrique preparava as refeições. O flautista queria ver o colega afiado, por isso não deixava que fizesse outra coisa senão tocar. Para apresentá-lo aos outros, precisava levá-lo sabendo ao menos as melodias mais básicas.

Depois de uma semana vivendo de música, Henrique disse que Róbson estava pronto. Seu papel seria apenas o de manter a base, enquanto os outros fariam os solos complexos. O flautista escolheu as melhores roupas de Róbson para vestir os dois. Naquela noite encontrariam os músicos amigos de Henrique.

Pediram por aplicativo um carro que os conduziria até uma zona rural da cidade, que fazia fronteira com o município vizinho. Desce-

ram diante de um portão. Henrique avisou por celular para o dono da propriedade que aguardavam na entrada. O portão duplo com gradis de ferro foi aberto via controle remoto logo depois.

Róbson e Henrique entraram e caminharam por um terreno limpo e bem cuidado. Alguns carros estavam estacionados na frente da casa de dois andares. O amplo terreno mostrava que o proprietário era abastado. Devia ter um jardineiro para tratar das plantas e flores que ornavam o lugar.

Henrique não tocou a campainha. Apenas abriu a porta e de maneira gentil indicou que Róbson entrasse. Não havia ninguém no vestíbulo. Dava para ver uma escadaria que levava ao segundo andar e três portas fechadas que conduziriam para outros aposentos.

Róbson escutou vozes de pessoas conversando atrás de uma das portas. Também identificou o som de uma flauta. O músico estava apenas fazendo um exercício de escala menor.

— Acho que todos já chegaram. Fomos os últimos.

— Os últimos serão os primeiros — disse Róbson brincando.

Róbson não queria admitir, mas estava achando aquele lugar estranho, mesmo que parecesse tão limpo e organizado. Havia uma espécie de opressão, de atmosfera carregada, de um isolamento que os afastava do ambiente urbano, do movimento da cidade, deixando-o um pouco desconfiado. As histórias contadas por Henrique martelavam fundo em sua cabeça.

Henrique abriu a porta. Mais seis homens estavam sentados em cadeiras dispostas em um círculo. Um deles, o mais velho, de cabelos brancos e bem-vestido, os recebeu com um sorriso amigável no rosto e se levantando de onde estava. Aquela era uma sala de música. Tinha estantes com livros e partituras, conforme pôde observar Róbson. Em um dos cantos havia um piano de cauda. Ao seu lado, um violoncelo. Ficou com vontade de tocar o instrumento no mesmo instante. Sentia-se empolgado. O luar podia ser visto através de uma grande janela que estava aberta. As cortinas vermelhas de tecido pesado se movimentavam um pouco com o vento ameno.

— Este é o Róbson — disse Henrique.

— Eu sou Farias. — O homem apertou a mão de Róbson. — Henrique me disse que você tem um ouvido excepcional. É verdade?

— É exagero do Henrique.

— Não é exagero — disse Henrique. — Em uma semana ele já faz a base de número 8 sem errar ou titubear em qualquer nota.

— A número 8 é a mais simples. Mas, se aprendeu em uma semana, nos servirá com certeza — disse Farias.

— Em breve ele poderá fazer qualquer um dos oito movimentos.

— Você me supervaloriza, Henrique.

— Estes são os outros. — Farias fez um gesto amplo com o braço para mostrar os músicos e apresentou cada um deles para Róbson.

Henrique foi até um balcão com bebidas e serviu doses de uísque para quem pediu. Róbson preferiu não beber naquele momento: precisava ser perfeito na execução musical. Além disso, não queria ser enganado. Precisava ver com os próprios olhos as coisas que tinham sido contadas pelo amigo. Quando ele escutou pela primeira vez os relatos fantásticos de Henrique, o álcool fazia efeito em sua mente. Na verdade, não tinha acreditado em nada, mas ficara curioso.

Farias pegou em um armário um estojo. Dele, retirou uma flauta transversal.

— Você vai tocar com essa, Róbson — disse Farias. — Henrique já contou para você sobre o oitavo integrante?

— Sim. Ele me disse que morreu.

— Disse como?

— Disse que morreu de infarto.

— Só isso? — Farias olhou para Henrique.

— Não quis contar todos os detalhes — falou Henrique. — Não queria que ele desistisse. Que ficasse com medo.

Um dos outros músicos, Alberto, disse:

— Saber a verdade é melhor. Conte para ele, Henrique.

Henrique girou o gelo no copo, bebeu um gole de uísque e disse:

— Silas tinha quase a idade do nosso querido Farias. Nos últimos meses, ele começou a apresentar graves problemas no coração. O que viu na última sessão foi demais pra saúde debilitada dele.

— Você se refere às visões? — perguntou Róbson. — Henrique me falou sobre algumas delas.

— Sim — Farias respondeu por Henrique. — As visões são vislumbres reais do passado. Silas já tinha visto muitas delas, mas dessa vez não aguentou. Ele era um bom amigo. Saiba que, se você se juntar a nós na noite de hoje, correrá alguns riscos; portanto, se não tiver coragem para encarar o que vai ver, fique à vontade para ir embora agora.

— Se eu for embora, vocês não terão o oitavo componente. Henrique me disse que são necessários oito flautistas para abrir as portas.

Farias olhou com expressão de reprimenda para Henrique.

— Preferi não falar sobre o nono — disse Henrique, dirigindo-se para o anfitrião.

Róbson não entendeu a resposta do amigo. Ficou se perguntando se teria mais um integrante do grupo para chegar.

— Pelo visto, Róbson está decidido em participar — falou Marco Antônio, outro dos músicos presentes. — Vamos iniciar logo. — Ele parecia ansioso, esfregava uma mão contra a outra.

Farias distribuiu as partituras que ele mesmo havia escrito e aprendido havia três décadas. Não queria continuar esperando. Estava precisando ver mais, ver mais do vasto conhecimento armazenado na memória do visitante. Entregou a partitura mais simples para Róbson, que já sabia de cor aquelas passagens básicas.

Todos, sentados em um círculo, prepararam suas flautas.

— Está frio — disse Róbson. — Não seria melhor fechar a janela antes de começar?

— Vamos deixá-la aberta. Será melhor — disse Farias.

As primeiras notas saíram da flauta transversal do anfitrião. Logo o oboé de Marco Antônio rasgou o ar com seu som mais grave. Depois veio uma flauta doce e por fim todos começaram a tocar, inclusive Róbson. Ficaram tocando de maneira incessante a mesma música por mais de meia hora. Tinha de se ter muita disciplina para não errar as notas. De acordo com Henrique, deslizes poderiam terminar com a invocação. Somente Farias realizava sons dissonantes e de complexidade ímpar; sua experiência musical o colocava na posição de maestro do grupo.

Róbson ainda não percebera nada de diferente no ambiente. Entretanto, quando olhou para a janela viu algo que o fez tremer com um arrepio que gelou sua nuca. Quase parou de tocar, porém tentou manter o sangue-frio seguindo as orientações de Henrique. Os outros tocavam em êxtase seus instrumentos. Os músicos pareciam ignorar a chegada da criatura.

A coisa, difícil de definir, se assemelhava a um grande polvo com cabeça de sapo. Tinha uma boca e três olhos acima dos lábios. Esgueirou-se da janela para o chão da sala utilizando seus inúmeros tentáculos.

Róbson, ao mesmo tempo que sentia necessidade de parar de tocar e sair correndo dali, estava paralisado. Não conseguia fazer outra coisa senão executar a melodia bizarra. Podia sentir o suor escorrendo pelos poros do seu corpo, principalmente das axilas e das têmporas. Fascinado, viu a criatura se aproximar arrastando o corpo gelatinoso, deixando um visco igual ao das lesmas sobre o tapete.

A criatura chegou ao centro da sala e se posicionou entre os músicos. Os olhos dela fixaram-se nos de Róbson como se quisesse estudar a sua alma. Em seguida, ela esticou todas as pernas, elevando-se do chão e ficando em pé como os humanos. Então, Róbson viu pequenos furos se abrindo no topo do corpo disforme. Daqueles buracos, sons começaram a ser emitidos como notas musicais. Notas impossíveis de reprodução por instrumentos terrenos.

Todos os presentes pararam de tocar. Agora apenas a coisa reproduzia música. Para Róbson, a estranha melodia era de uma beleza única e de uma grandiosidade terrível; não conseguia guardar aquela harmonia completa na memória, somente fragmentos.

Enquanto emitia música, a criatura começou a esticar seus tentáculos. Róbson viu quando eles envolveram o rosto dos companheiros de sinfonia. Quase gritou, quase conseguiu sair da paralisia, mas, quando percebeu, o tentáculo já envolvera toda a sua face, deixando-o anestesiado pelo toque frio e molhado.

Róbson poderia ficar a eternidade experienciando aquela sensação inebriante que o deixava paralisado. Era como usar drogas: só precisava daquilo para viver, de mais nada. Por alguns instantes sentiu o universo pulsando ao compasso do seu coração, depois tudo ficou escuro. Teve a impressão de que tinha sido transportado para outro lugar. Não sentia mais o próprio corpo. Nem mesmo escutava a música que provinha da criatura. Sem ter noção de quanto tempo havia passado, começou a ver um ponto de luz e uma cena inesperada.

Um grupo de humanoides caminhava pelas vielas de uma rua suja. As habitações eram claras, feitas com maciços blocos de pedra amarela. As portas eram em semicírculo; e as janelas, ovais. Um indivíduo vinha à frente do grupo e falou em uma língua estranha, mas que para Róbson tinha sentido.

— Arrombem a porta! — O sujeito apontou para uma das habitações.

Dois soldados com uma marreta horizontal arrebentaram a porta. As janelas das outras casas permaneciam fechadas. O dia era ensolarado. Lá de dentro se ouviu um clamor. Pedia socorro.

— Tragam-no — ordenou o comandante.

Outros dois soldados com lanças em punho. As criaturas que Róbson via eram muito diferentes de seres humanos. Eles possuíam uma cabeça em cima de um tronco esguio e magro. Tinham quatro braços e quatro pernas que mais pareciam gravetos de tão finos. As pernas terminavam em uma ponta grossa com aspecto de unha e as mãos comportavam seis dedos e um polegar opositor. O rosto era liso, quase como se fosse feito de vidro. Sobre os cinco olhos não existiam sobrancelhas e a boca fina era reta. Os ouvidos não passavam de buracos atrás da nuca. Não havia traços de cabelos ou pelos em seus corpos. Vestiam uma roupa azulada grudada ao corpo, de um tecido que se assemelhava a borracha. A cor de suas peles variava de um vermelho claro até o bege-escuro.

Os soldados retornaram para a rua trazendo o prisioneiro. Dos seus cinco olhos emergiam lágrimas. Lá dentro, outros clamavam para que não levassem o filho embora. Não ousavam sair para a rua e enfrentar os militares. O comandante disse:

— Em outros tempos o povo entregaria de bom grado o escolhido. Vocês não sentem vergonha? Plebe ingrata. Nossos líderes alimentaram vocês durante milênios. Somente o que pedem é a sua boa vontade. Seu filho será lembrado em nossos registros históricos e celebrado como os outros.

Uma porta de outra casa se abriu de forma inesperada.

— A religião de vocês não é mais a nossa. Não queremos mais cultos nem sacrifícios — disse um humanoide, rebelando-se.

As janelas de outras casas também se abriram.

— Abaixo o ditador! — gritou outro.

— Abaixo o ditador! — Mais vozes se fizeram ouvir em uníssono.

O comandante, sem aviso prévio, levantou a sua lança e a arremessou contra o primeiro humanoide que se rebelara. A arma atravessou o corpo, fazendo-o tombar morto na entrada da própria casa.

— Assassino! Assassino! — começaram a gritar os que presenciaram a cena.

O comandante e os soldados arrastaram o capturado para o centro do seu grupo e saíram dali o mais rápido possível para evitar mais confrontos. A população enraivecida não teve coragem suficiente para persegui-los.

O grupo subiu por entre as vielas sendo observado pelas frestas das janelas e portas de outras casas. Róbson podia perceber os olhares de ódio que eram direcionados para eles. Algumas vezes pedras eram lançadas nos soldados, mas nada mais do que isso. A população parecia dominada pelo medo.

Os raptores chegaram ao alto da colina, onde, atrás de uma muralha, ficava uma edificação parecida com um castelo. Outros soldados deixaram o comandante e o seu grupo entrar abrindo uma enorme porta dupla de metal. Os indivíduos começaram a se dispersar, indo para seus postos. O comandante, acompanhado de mais dois auxiliares, caminhou por corredores extensos da edificação até chegar a uma galeria de prisões, onde jogou o capturado em uma cela. Nela havia somente uma cama. Depois disso, subindo por escadarias íngremes, sozinho, o comandante chegou a uma torre. Lá encontrou outro semelhante seu, que vestia uma roupa esvoaçante com símbolos intrincados estampados.

— Trouxemos o escolhido, mestre Vixes — disse o militar.

— Bom trabalho. Fiquei sabendo que você teve problemas entre os plebeus.

— Eles estão nos desafiando, senhor. Pressinto que um levante se aproxima.

— Teremos de ser enérgicos. Mas antes disso precisamos atender ao capricho do nosso deus. A voracidade dele precisa ser aplacada. Leve o sacrifício amanhã à noite ao salão nobre do líder de sangue, conforme o planejado.

Vixes beijou suavemente, como forma de cumprimento, os lábios do comandante e disse para que o deixasse a sós. Naquela noite o mestre estudou pergaminhos e treinou, incansável, melodias em sua flauta feita de um metal escuro e translúcido.

O encarcerado quase não dormiu durante sua estadia no compartimento isolado. Quando os guardas retornaram para buscá-lo, no dia seguinte, tentou se livrar brigando. Mas eram três e tinham armas. Logo o derrubaram e controlaram seu ímpeto de fuga. Após o combate, de um ferimento ao lado da boca do humanoide, escorreu um líquido gelatinoso e prateado que devia ser tão importante para o corpo deles como sangue, pensou Róbson. Sem forças, o prisioneiro se resignou ao destino que lhe fora reservado. Era impossível lutar contra aquela ditadura.

Escoltado pelos guardas, o escolhido andou por corredores e salões do castelo do líder de sangue. Mesmo os servos o observavam com indiferença, como se fosse um animal. Subiram uma torre e alcançaram o salão do líder máximo de toda uma espécie. Pela janela dava para ver duas pequenas luas no céu. Prateadas feito o líquido vital que escorria de sua boca, elas lhe serviam como um mau augúrio. Seus cinco olhos não estavam mais mareados. Sabia que iria morrer. Não tinha como escapar do seu destino.

Entraram em um extenso salão repleto de indivíduos. Róbson não conseguia identificar se eram homens ou mulheres, pois pareciam ter os mesmos corpos. Eles se diferenciavam pelas cores da pele, das roupas e dos adornos que utilizavam. Uns vestiam roupas espalhafatosas com penas de pássaros; outros vestiam couro de cores vivas; alguns, tecidos largos e brilhantes. Tinham braceletes, colares e cintos de diversos materiais, como metal e madeira. Uns utilizavam chapéus pontudos ou circulares. Muitos estavam sentados em estranhas cadeiras; outros, em assentos suspensos por cordas amarradas ao teto ou reunidos sobre grandes sofás. Outros permaneciam em pé. Havia, em bandejas, grande quantidade de comida. Boa parte dos convidados bebia alguma coisa em cálices feitos de um metal desconhecido. Conversavam excitadamente e riam de uma maneira desconcertante para Róbson. Poucas tochas iluminavam o lugar, dando-lhe um aspecto sombrio.

No centro do salão dava para ver um palco circular que se elevava a meio metro do chão. Nele havia um sofá horizontal com almofadas espalhadas ao seu lado. Descansando sobre o macio estofado,

uma daquelas criaturas observava a chegada do escolhido. Devia ser o líder, concluiu Róbson. O humanoide bebeu um gole de sua taça e a depositou sobre uma mesa circular ao lado do sofá. Atrás daquele palco elevado, quatro guardas observavam atentamente o governante e o seu séquito.

— Enfim chegou a hora.

Quando a criatura começou a falar, todos no salão fizeram silêncio sem precisar de qualquer ordem para isso. O líder levantou e disse:

— A divindade exige o seu sacrifício. Que venha o Mestre da Canção acompanhado dos servos do caos.

Uma porta, bem perto do palco do líder, se abriu. Dela veio o mestre Vixes escoltando o grupo. Atrás dele se arrastavam com tentáculos oito criaturas de corpos gelatinosos. Eram da mesma espécie do alienígena que entrara na sala de música do velho Farias. O silêncio no salão se tornara sepulcral. Róbson teve a impressão de escutar apenas o arrastar meticuloso daqueles tentáculos nojentos.

Vixes e os servos do caos se posicionaram em círculo diante do palco do líder de sangue. O humanoide de roupas esvoaçantes retirou do interior de seu manto a flauta negra e translúcida. Os outros revelaram as fossas no dorso de seus corpos bizarros. De lá, Róbson já sabia que escutaria notas de uma melodia intensa. Em seguida, os guardas que traziam o escolhido bateram violentamente nele, deixando-o quase inconsciente, e o jogaram próximo dos músicos.

O flautista começou a tocar as primeiras notas. Logo Róbson percebeu que não era a mesma música que tocara com os amigos de Henrique. Tinha notas e nuance diferente da partitura que acompanhara. Quando aqueles alienígenas começaram a tocar era como se o universo pudesse pulsar como um grande coração. Era lindo e ao mesmo tempo terrível.

Pôde sentir o ar ficando sobrecarregado por alguma energia intangível. As tochas bruxulearam com um vento inesperado vindo do exterior da torre. No alto do salão, acima da cabeça dos presentes, algo começou a ganhar forma. Surgiu, no início, apenas como uma fagulha, como um filete de relâmpago rasgando o espaço-tempo para chegar àquele lugar, invocado pela melodia. Róbson teria gritado se estivesse fisicamente lá, mas não era possível. Sentia sua garganta presa por uma força invisível.

O que era apenas um filete de luz branca começou a se desenvolver em um emaranhado de teias de luz em torno de uma nuvem negra. Conforme a música aumentava em intensidade, a coisa amorfa crescia em pulsos.

Todos no salão olhavam como que hipnotizados para aquela forma caótica que pulsava e mudava de cor. Pareciam drogados e satisfeitos em se alimentar do vício de contemplar a coisa.

Após um breve momento, o líder de sangue pareceu se desvencilhar da força hipnótica da divindade.

— O sacrifício nos deixará mais fortes!

Os que conseguiram se livrar do fascínio que a coisa gerava gritaram:

— Vida longa ao líder de sangue!

Naquele momento ocorreu algo que Róbson não esperava, nem mesmo os nobres que observavam o espetáculo naquele salão. Uma lança voou, acertando em cheio o mestre Vixes. Do seu peito espirrou aquele sangue prateado. Ele deixou cair no chão sua flauta, que se quebrou em pedaços. A lança que acertara Vixes partira de um dos soldados do governante. O rebelde infiltrado gritou:

— Abaixo o terror!

Militares pularam sobre o traidor e em uma luta rápida acabaram com a sua vida. Mas o estrago já estava feito. Os servos do caos não conseguiriam conter o crescimento da divindade, pois, para terminar a canção e enviá-la para o seu trono no centro do universo, eram necessários a flauta de Vixes e o seu talento musical.

O estranho deus cresceu ainda mais. Cego e incontrolável, não poupava ninguém que estivesse próximo de sua forma incorpórea.

Quando as suas teias de luz e as densas sombras se encostavam em qualquer lugar consumiam o mundo material. Ao tocar no piso, as pedras começaram a ruir, sendo absorvidas pela sua densidade indescritível. Devorou alguns dos servos do caos e nobres que não conseguiram fugir de seu perímetro de ação. O líder de sangue, vendo tudo se perder, apenas esperou pelo fim. Ao menos seria tragado para o interior de um deus.

A confusão foi geral. Alguns nobres que ainda prezavam por suas vidas correram, buscando fugir pelas poucas saídas da torre. Também tiveram aqueles que pularam pela janela, em um voo para a morte, tentando escapar da voracidade da divindade. Em pouco tempo a torre desabou. Mas a coisa sem forma definida continuou viva, continuou crescendo.

Róbson perdeu a noção de tempo. Era como se tivesse ficado anos contemplando a destruição causada por aquele ser. A divindade não parava de crescer e pulsava como um coração. Primeiro fez desaparecer a cidade, que desmoronava junto à terra, e ambas foram engolidas. À medida que a forma de vida crescia, o seu contato com o ar tornava as nuvens densas, fato que começou a gerar intensas tempestades. Em um dado momento, Róbson pôde ver um grupo de humanoides a certa distância do deus devorador. Eram nove e tinham em sua posse flautas. Quando começaram a tocar, a divindade parou de crescer. Mas, do interior dela, como se viessem de um espaço profundo, surgiram criaturas que voavam. Era impossível fazer uma relação delas com o que existia na Terra. Talvez fossem semelhantes a pólipos, insetos e crustáceos, mas que, de uma maneira única na escala evolutiva, tinham se tornado algo híbrido. Dezenas deles vieram na direção dos músicos contorcendo seus corpos inacreditáveis. Dava para perceber que havia algo fora de harmonia nas notas que aqueles indivíduos tocavam. As criaturas investiram contra eles. O desespero no rosto dos músicos era perceptível, pois indicava total horror e perplexidade. Sabiam que a sua morte significava o fim total — a aniquilação de tudo o que conheciam se aproximava.

A divindade expandiu-se sem parar e foi engolindo pouco a pouco planícies, rios, montanhas e toda a vida que existia naqueles lugares. Chegou à praia e ao oceano, gerando um cataclismo de proporções gigantescas. A massa de nuvens escuras e luzes relampejantes atingiu um quarto do tamanho do planeta. Róbson se tornara um espectador que via tudo do espaço. Caules ramificados de sombras e vapores luminosos abraçavam aquela esfera celeste, sufocando-a. Dava para ver rios de lava, provindos de seu interior, provocados por rasgos de terra que possuíam milhares de quilômetros de extensão. As criaturas voadoras se espalhavam em torno da divindade como um enxame. Então, subitamente, ocorreu uma explosão que fragmentou o planeta em um cinturão de asteroides. Com esse forte impacto em sua mente, Róbson perdeu a consciência.

O músico sentiu algo frio em seu rosto e abriu os olhos assustado. Via um pouco fora de foco. Apavorado, fez um movimento frenético das mãos e dos braços, tentando afastar o que o tocava.

Escutou uma voz familiar e suave:

— Calma. Está tudo bem. Já passou.

Aos poucos, a visão de Róbson retomou o foco normal e pôde ver, ajoelhado diante de si, Henrique, que tinha nas mãos um pano úmido.

— O que aconteceu?

Róbson sentou-se e levou uma das mãos à cabeça, que latejava.

— Você apagou. Já aconteceu com todos nós. Mais de uma vez.

O talentoso músico percebeu que ainda se encontrava na sala da casa de Farias. Os outros o observavam sem grande alarde.

— Vocês viram aquilo? Foi horrível. Era como se eu estivesse lá.

— Ainda não tivemos oportunidade de conversar. Não sabemos se ele mostrou a mesma coisa para todos. Ele pode contar histórias diferentes ao mesmo tempo.

Róbson olhou para os outros e se levantou. Queria manter um pouco de dignidade.

— Eu vi um planeta inteiro ser consumido.

— Todos nós já vimos — falou Marco Antônio.

— Mais de uma vez, e mundos diferentes — completou Farias.

Róbson pareceu se lembrar do monstro, o servo do caos que estava entre eles, e olhou apreensivo para os lados, procurando-o.

— Onde ele está?

— Foi embora — respondeu Henrique.

— Isso não pode mais continuar... Não podemos colocar a vida de todos em risco.

— Fique calmo — disse Farias. — Nós não temos a intenção de invocar o Devorador de Mundos. Nosso contato é apenas com o servo do caos. Queremos desfrutar das memórias que ele armazena da nossa galáxia.

— O nono músico é uma verdadeira dádiva. Através dele podemos viajar para estrelas distantes sem precisar sair de casa — disse Marco Antônio. — Nós continuaremos compartilhando dessas memórias, quer você queira ou não.

Marco Antônio mostrou-se mais exaltado que os outros, revelando que poderia se indispor com Róbson.

— A partir das memórias dele temos investigado tecnologias alienígenas — disse Henrique. — Talvez possamos descobrir algum dia como alcançar a velocidade da luz. O segredo para a vida eterna. As possibilidades são inúmeras. A humanidade entraria em uma época de esplendor.

— Entendo os anseios de vocês. Mas e quanto ao que ele deseja de nós? Vocês já pararam para pensar sobre isso?

Nenhum dos músicos respondeu.

Róbson pegou um copo cheio de uísque que estava sobre o balcão e bebeu para se acalmar. Depois, disse em tom de desculpa:

— Me perdoem. Eu preciso ir.

— Já? Nós íamos nos divertir — lamentou Henrique. — Temos bebida e outras coisas. Pretendíamos compartilhar a experiência de cada um. Eu queria saber tudo o que você viu. Queria te contar o que eu vi.

— Hoje não vai dar.

Róbson foi se encaminhando para a porta principal. Depois foi seguido por Farias e Henrique. Antes que o anfitrião pudesse se aproximar, Róbson virava a chave na fechadura. Saiu sem dizer adeus. Ainda pôde escutar Henrique comentando com Farias que o deixasse partir. Já nos jardins da propriedade, Róbson ouviu um barulho entre as árvores. Olhou na direção delas, mas não encontrou nada.

Um frio inesperado percorreu a sua espinha quando pensou nos olhos do servo do caos o observando. Ao mesmo tempo que tinha medo da criatura, ficou com a sensação de que necessitaria sentir aquela coisa viscosa de pequeninas ventosas tocando o seu rosto mais uma vez. Os apêndices rastejantes da coisa tinham preenchido os seus sentidos como uma poderosa droga da qual nunca se é capaz de ficar limpo.

Róbson sentia-se confuso. Não queria mais ver Henrique nem aquele grupo de fanáticos. No entanto, ao deixar aquele anfiteatro do horror, de alguma maneira sabia que logo teria de retornar. Precisaria satisfazer os seus desejos de saber mais das histórias mostradas pelo servo do caos.

Para piorar, algo martelava em sua mente. Algo que queria esquecer, porém não conseguia. A melodia de invocação do Devorador de Mundos tinha sido gravada, nota por nota, em sua memória como se grava uma música em um disco rígido de computador. Sem dúvida, ele poderia reproduzi-la. Deixou a propriedade escutando sons de nove incansáveis flautas.

In: *Multiverso Pulp vol.3: Horror.* Porto Alegre: AVEC Editora, 2020, p. 137-154.

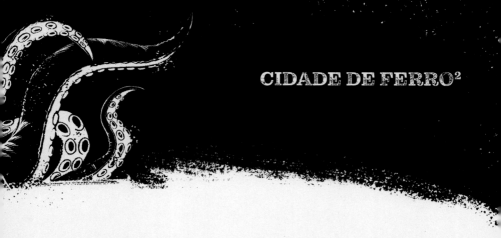

CIDADE DE FERRO[2]

O demônio caçador entrou no portal que da Terra o levou até seu lar, o Inferno. Pisou em um solo firme, arenoso e alaranjado. Diante dele podia ver o Bosque dos Condenados com suas árvores escuras e raquíticas que continham almas desbotadas e distorcidas, as quais vagavam em seu interior como se estivessem dentro de uma garrafa de vidro repleta de fragmentos de espelhos.

Perseguidor olhou para trás enquanto o portal da Terra se fechava; contudo, ainda conseguiu ver o rosto malévolo de Observador o encarando. Ao seu lado estava Ósper, o seu treinador e colega de caçadas.

— Onde está Magnus? — perguntou Ósper com uma voz desanimada.

— Não sei. Deveria estar aqui esperando.

Tum, tum, tum, tum, os demônios escutaram pesados passos se aproximando atrás deles. Perseguidor escondeu a caixa-armadilha no bolso da jaqueta utilizando um feitiço que a deixava oculta. Somente suas mãos poderiam encontrá-la dentro do bolso. A cada vez que utilizava um feitiço sentia suas forças se esvaírem. Precisava descansar. Então, olhou na direção do barulho estrondoso.

---

2   Esta história foi inspirada em uma partida de RPG com os amigos Vinícius e Eduardo. Já faz bastante tempo que não os vejo, mas dedico "Cidade de Ferro" para eles e os momentos divertidos que tivemos jogando como personagens oriundos do Inferno.

Quatro demônios caminhavam determinados para o local onde estavam os alastores. As criaturas vestiam um uniforme de couro marrom, coletes, saias romanas, sandálias e braceletes de ferro nos punhos. Três deles carregavam machados de duas lâminas e um outro, uma espada na bainha. Mediam aproximadamente, cada um, três metros de altura, e seus corpos eram adornados com músculos de onde saltavam veias roxas. Suas bocas continham dois enormes dentes inferiores que roçavam a própria face quadrada e, no fundo de suas órbitas oculares, duas pequenas bolas incandescentes observavam os recém-chegados.

— Identifiquem-se! — disse o maior deles, que vinha com a espada na bainha.

— Meu nome é Perseguidor, e esse é Ósper.

— Trabalham pra Magnus?

— Trabalhamos pelos interesses do Inferno — respondeu Perseguidor com intenção de provocar. Não gostava daqueles brutamontes descerebrados.

O demônio desembainhou com rapidez a espada, fazendo-a zunir no ar:

— Se você não trabalha pra ele, subalterno miserável, vai sentir o fio do aço!

— Magnus é nosso comandante! — interveio Ósper.

Os outros três demônios cercaram Perseguidor e Ósper. Depois os revistaram. Não encontraram nada que estivessem procurando. Nem mesmo armas.

— Vermes, nos acompanhem! — falou o demônio que sacara a espada.

Os três guardas empurraram os alastores em um claro sinal de que deviam seguir em frente. Andaram durante horas sob o sol artificial do Inferno. O calor naquelas terras áridas era um castigo para qualquer um, fossem simples almas penadas ou mesmo demônios. No horizonte se assomou a Cidade de Ferro. Lugar onde moravam

sujeitos provindos de todos os círculos infernais e até mesmo criaturas vindas de outras dimensões. Àquela hora circulavam muitas carroças entrando e saindo da cidade. Traziam mantimentos e objetos de todos os tipos. No centro do local funcionava um mercado onde viajantes poderiam obter tudo quanto era tipo de produtos, incluindo coisas raras.

Entre os alastores e a guarda de elite, durante o trajeto, não foram trocadas palavras. Apenas um ou outro grunhido esporádico dos demônios ao afastarem pequenos insetos sugadores que viviam no deserto entre o Bosque dos Condenados e a cidade.

Os muros da Cidade de Ferro eram grandiosos, e casamatas em seu alto eram guarnecidas por arqueiros. As seis figuras ultrapassaram o portão gigantesco e movimentado. Humanos, demônios e criaturas de outros planos perambulavam pelas ruas de pedra escura. Perseguidor percebeu até mesmo um anjo. Ele ou ela, nunca sabia dizer, estava envolto em uma capa azul-celeste. Por onde passava, os demônios abriam caminho. Ele fitou com frieza os olhos de Perseguidor e seguiu em frente. Ósper falou:

— É um diplomata. Eles se infiltram no Inferno com permissão dos Senhores, muitos acabam corrompidos, outros sabotam nossas fileiras de guerra contra o Céu.

— É a primeira vez que vejo um desse tipo.

— Não são tão raros quanto você imagina.

— Calem a boca, idiotas! — disse o maior dos guardas e deu um safanão nas costas de Ósper.

Perseguidor e Ósper preferiram manter silêncio. Enfim, chegaram a uma longa escadaria. Subiram até se depararem com duas portas de ferro, sem nenhuma ferrugem aparente, escancaradas para um templo. Colunas gregas e desenhos místicos adornavam a entrada do prédio que estava incrustado na pedra, dentro da parte mais baixa das Montanhas da Loucura. Das partes mais profundas da montanha se extraía grande parte do minério de todo o Inferno.

Porém, muitas vezes, o trabalho dos mineradores era prejudicado pelo ataque de coisas perturbadores, que mesmo no Inferno eram consideradas horríveis e perigosas. Não era raro que penitentes trabalhando nas minas fossem encontrados dilacerados. Muitas vezes isso significava prejuízo para os Senhores da Cidade. Quando sobrava alguma cabeça ou coração intacto, os Reconstrutores conseguiam invocar as almas dos mineradores e as inseriam no que sobrara de seus corpos, os quais eram reconstruídos com a matéria-prima que se tinha disponível no momento: ossos, argila, carne, madeira, metal ou uma combinação disso tudo.

Dentro da edificação, Perseguidor e Ósper visualizaram um amplo salão. Mais e mais colunas sustentavam um teto altíssimo. Estátuas de serpentes, dragões e anomalias das mais diversas decoravam o seu interior. Seguiram por um tapete grosso e vermelho tecido de pele humana e tingido de sangue. Outros soldados, menores do que aqueles que escoltavam os alastores, se empertigaram ao presenciar a chegada do líder da guarda de elite.

Perseguidor observou que, ao longo do recinto, buracos como portas estavam iluminados por tochas e revelavam escadarias; umas desciam, outras iam para o alto. No final do salão, sentado em um trono adornado por crânios, dentes e garras de todas as espécies, estava o Senhor-mor da Cidade de Ferro. Com ele confabulava em seu ouvido uma criatura hedionda, um ser gorduroso, semelhante a uma vesícula de pus. Uma pequena cabeça despontava daquela bolha e algo parecido com uma boca falava baixinho no ouvido do seu mestre.

O Senhor-mor da Cidade de Ferro lembrava muito um humano, mas com certeza não era um indivíduo da espécie *homo sapiens*. Sua pele tingida de um tom avermelhado lembrava as ferrugens que coloriam a própria cidade. Vestia um manto escarlate adornado de fios amarelos e um amuleto pendia do seu pescoço. Dois pequeninos cornos, quase invisíveis, despontavam de sua testa, camuflados pelos

cabelos negros e longos. Sua fisionomia, em um lugar com pouca luminosidade, poderia fazê-lo passar por um humano.

— Estávamos esperando vocês. O que faziam na Terra sem permissão? — perguntou o Senhor.

— Majestade, fomos enviados por Magnus em uma missão confidencial — respondeu Perseguidor.

— Magnus — falou com desdém o Senhor e calou-se por um instante. — Magnus pensa apenas nos próprios interesses. Sem minha permissão, ele não pode nada. Ele não é nada. O mesmo serve para vocês. Posso transformá-los em almas penitentes, retirando os seus privilégios de caçadores, no momento em que eu desejar! — acrescentou, furioso, apontando para os dois alastores. Do seu indicador despontou uma garra longa e afiada. Sua fisionomia quase humana pareceu que daria lugar para algo monstruoso, mas se acalmou antes que perdesse a compostura. — Bem, vocês não devem fidelidade nenhuma a Magnus. Me digam: o que foram fazer na Terra?

Ósper não sabia se devia contar a verdade ou mentir. Havia permanecido na Terra por dois anos, ajudando no treinamento de novatos enviados por Magnus, seu superior na hierarquia militar. Já orientara outros três alastores na captura de vampiros. Um deles pereceu em combate e outros dois trouxeram para o Inferno algumas almas de sugadores que iam sempre parar nas mãos de Magnus. O comandante nunca revelou o que fazia com as essências espirituais dos prisioneiros.

— Fomos caçar vampiros — disse Perseguidor. — Essa era a nossa incumbência.

— Sim. Já sabemos. É melhor assim. Nada de mentiras e se livrarão do castigo. — O Senhor desviou seu olhar para Ósper. — E você, pensa que não sabemos que treinava demônios na captura de vampiros? Diga-me o que Magnus está tramando. O que ele faz com as almas dos mortos-vivos?

— Magnus nunca comentou nada sobre isso — respondeu Ósper.

— E, mesmo assim, você trabalhou cegamente para ele?

— O que há de errado em caçar vampiros? — Ósper devolveu a pergunta com outra.

— Tudo, se você não souber a finalidade da caça. Conte-me agora o que você sabe.

— Nada além do que lhe disse, Senhor.

— Pois bem, que entre o inquisidor. — Ao dizer a ordem, de uma das cavidades iluminada por tochas veio até eles uma criatura humanoide com passos firmes e decididos.

De semblante austero e vestido com uma roupa de couro cerzida na própria pele, aproximou-se. Ele refletia o brilho das tochas em seu corpo repleto de cacos de vidro fincados no rosto, na cabeça, nas mãos, nas costas, no peito, nas pernas e nos braços.

— Quem será o primeiro, Senhor? — perguntou o inquisidor.

— Comece com aquele ali. — O Senhor apontou para Ósper. — E deixem o outro na masmorra para que possa refletir um pouco sobre a existência, pois ele será o próximo.

O líder da guarda agarrou Ósper, que deu um grito:

— Nãããããão! Clemência, por favor!

— Você já deveria saber que no Inferno não existe clemência — sentenciou o Senhor-mor da Cidade de Ferro.

Ósper foi levado para a câmara de tortura e Perseguidor, jogado dentro de uma cela na masmorra da montanha. O lugar era apertado, sujo, escuro e frio. Perseguidor, exausto, deitou-se no chão e enrolou o corpo com as suas asas coriáceas. Pensou no tipo de tortura que Ósper estaria sofrendo naquele instante. Dormiu sem pesadelos ou sonhos. O vazio o confortou durante algum tempo. Horas depois, Perseguidor acordou com um barulho diante das grades de sua cela. Levantou-se rapidamente.

— Quem está aí?

Ouviu, em resposta à sua pergunta, uma voz que parecia não ter corpo:

— Uma amiga!

— Amizade não tem significado para mim. Não me engane, voz que vem do nada.

— Fale baixo, desse jeito vão nos escutar. Vim para libertá-lo em troca de algo que você esconde. Temos de ser rápidos, pois logo os guardas virão buscá-lo para o interrogatório.

— O que você quer de mim? Não possuo nada que você possa querer.

— Não seja dissimulado. Sei que você guarda uma caixa-armadilha com a alma de um anjo. Desejo esse objeto.

— Mesmo que eu tivesse algo desse tipo comigo, não estou vendo para quem eu possa entregá-lo.

Do outro lado das grades surgiu uma mulher de cabelos vermelhos e curtos. Dois pequenos chifres despontavam de sua testa. Ela retirava do dedo indicador esquerdo um anel mágico de ouro que lhe concedia invisibilidade. Usava um coturno de cano alto e um vestido preto curto que cobria seu corpo esguio. A coloração de sua pele era um pouco avermelhada, mesmo assim dava a impressão de uma palidez doentia nos lábios.

— Estou aqui.

— O que faz você pensar que a armadilha está comigo? — perguntou Perseguidor, para saber um pouco mais sobre o interesse da súcubo sobre a alma do anjo. Precisava negociar a sua liberdade da melhor maneira possível.

— Escutei a conversa que aconteceu no salão do Senhor-mor da Cidade.

— Imagino que você estivesse usando o anel. — Perseguidor apontou para o objeto mágico que agora ela guardava em um bolso oculto do vestido.

— Imaginou certo. Saí do salão seguindo o inquisidor que levava o seu parceiro. Pensei que era ele que estava escondendo a caixa.

— Você viu o que fizeram com Ósper?

— Vi. Quer que eu conte? — Antes que Perseguidor pudesse dizer que sim, ela contou: — Começaram prendendo os punhos em correntes cimentadas na parede e depois veio o interrogatório. Queriam saber como tinha sido a temporada dele na Terra. Quando perguntaram sobre Magnus e perceberam que ele não abriria o bico é que utilizaram a parafernália de tortura. Foi ruim de ver. Mesmo um demônio não é capaz de resistir às técnicas de um inquisidor. Como a caixa-armadilha não estava com ele, decidi vir logo falar com você.

— Ele ainda estava vivo quando você foi embora?

— Quando deixei a sala de tortura, seu corpo e a sua mente já estavam em frangalhos. Vai ser difícil juntar os pedaços... Talvez, nesse momento, esteja definitivamente morto. E, se não quiser que aconteça o mesmo com você, a hora de fugir é agora. A essa altura já devem estar vindo buscá-lo. É melhor entregar o que eu quero antes que eles cheguem.

Perseguidor botou a mão no bolso da jaqueta de couro, desfez o feitiço murmurando as palavras certas e mostrou a caixa para a mulher-demônio.

— Diga-me, como sabe que capturamos um anjo?

— A chaminé em que o Observador trabalha, faz muito tempo, não é o lugar mais seguro daquela cidadezinha, nem o mais alto. Eu o espiono da cobertura de um prédio próximo. E tenho as minhas próprias maneiras de ver o que está acontecendo. Agora dê a caixa para mim!

— A caixa será sua se me acolher em algum lugar. Precisarei me esconder. O que me diz?

— Trato fechado. Quero muito a alma que está com você.

A súcubo tirou um grande molho de chaves do bolso.

— Só não sei qual é a certa. Roubei do guarda que cuidava dessa ala da masmorra.

— Use uma por uma até encontrar a certa.

Na terceira tentativa a porta de grades se abriu.

Da cela da frente escutaram um chiado e, em seguida, uma voz rouca:

— O que vocêsss achammm de libertarem a mimmm também?

Um humanoide com pescoço comprido e cabeça de réptil grudou as ventosas de suas mãos nas grades de sua própria cela.

Perseguidor olhou para ele e disse:

— Assim que ela me libertar, jogamos as chaves para você.

Uma outra voz surgiu ao lado do cativeiro do humanoide que pedira para ser solto:

— Tire-me daqui também. Já perdi a conta dos anos que estou preso nesse lugar. Por favor!

Diversas vozes começaram a se espalhar pelo corredor da prisão: uns choravam pedindo atenção e outros gritavam ameaças caso não fossem soltos.

— Vamos sair logo daqui — disse a súcubo. — Não é hora de fazer amizades. Siga-me!

A mulher-demônio jogou para dentro da cela do humanoide reptiliano o molho com dezenas de chaves.

— Qual o seu nome? — Perseguidor perguntou enquanto corriam.

— Misalem.

Ela empurrou a pesada porta de madeira que fazia a divisa do corredor com uma escadaria. Ali estava caído o cadáver do guarda.

— A invisibilidade ajuda a cometer crimes mais facilmente — ela disse, sem remorso.

Desceram a escadaria que levava a um amplo salão iluminado por archotes azulados; o ambiente decorado de ossos e crânios dava a impressão de ser uma tumba pré-histórica. Quando a súcubo e Perseguidor atingiram o centro do salão sem janelas, a porta dupla oposta foi aberta por um grupo de demônios. Entre eles estavam o líder da guarda da Cidade de Ferro, seus três soldados especiais e ainda o anjo diplomata que Perseguidor havia visto logo quando entrara na cidade.

Vendo o demônio alado fora da cela, o líder da guarda desembainhou sua espada, mas o diplomata levantou o braço esquerdo, impedindo que o demônio avançasse contra o fugitivo, e falou:

— Calma. Espere a minha ordem. O que você faz por aqui, Miza? Depois que baniram você da Cidade Celeste, pensei que não aguentaria o tormento de viver no Inferno e imploraria para voltar.

— Não uso mais esse nome e nunca pediria perdão depois do que fizeram comigo, Eberon. Céu ou Inferno, você bem sabe, é tudo muito parecido quando se trata da luta pelo poder.

— Você mudou muito pouco. Continua com a língua afiada e venenosa de uma serpente.

— Por causa de um complô me transformei nisso. Não duvido que você tenha armado contra mim. Ainda mais sabendo que você transita entre os dois planos fazendo conchavo.

— Não levante calúnias — disse Eberon com ironia. — É bem do seu feitio. Responda-me: por que libertar esse demônio de seu cárcere? Será que é por que ele tem em suas mãos a alma de Zaquiel? É por isso?

— Chega de conversa. Eu odeio anjos de merda! — disse Perseguidor.

Uma das habilidades do demônio era moldar carne, pele e metal. Quando os demônios brutamontes o revistaram na chegada ao Inferno, não se deram conta de que sua barriga proeminente tinha sido modelada. Perseguidor cortou com as próprias garras da mão direita a carne falsa da barriga. Junto de um pouco de sangue e pele morta, puxou um revólver calibre .38 com o tambor cheio de balas forjadas do ferro que se extraía das Montanhas da Loucura. Aquele metal era capaz de ferir a maior parte das criaturas sobrenaturais, incluindo demônios, vampiros, fantasmas e anjos.

Perseguidor disparou na direção do anjo, que se colocou em posição de defesa. O diplomata levantou um dos braços e desviou com o poder da mente a bala, que foi atingir o teto e se espatifar contra alguns ossos que se tornaram fragmentos e poeira.

Dois dos guardas, com machados, se aproximaram rapidamente de Misalem. Com um movimento brusco das mãos, a mulher-demônio lançou um feitiço e ordenou aos inimigos que dormissem.

Ambos os guardas perderam a consciência, caindo pesadamente no chão. O barulho dos ossos da face de um deles se quebrando foi bem audível. Um terceiro guarda, que não fora atingido pelo feitiço, atacou Misalem com seu machado. O fio da arma passou rente ao ouvido da súcubo. Com um movimento rápido, ela escapara por pouco da lâmina afiada.

Eberon contra-atacou. Sua capacidade de mover objetos com a força da mente era incrível, e mandou para cima de Perseguidor os ossos que adornavam o local. Uma série deles se estatelaram no corpo do demônio, deixando-o aturdido pelo impacto.

Misalem deu uma cambalhota para sair do alcance do guarda que queria sua cabeça. O chefe da guarda decidiu também investir contra ela. Porém, mais uma vez ela surpreendeu a todos. A súcubo pulou sobre o chefe e encostou a palma da sua mão naquele corpanzil fedorento. No mesmo instante, a estrutura cheia de músculos do inimigo começou a murchar. O demônio deixou escorrer de suas garras enfraquecidas a espada que carregava. Sem compreender, não teve forças para manter seu corpo, agora raquítico, em pé. Misalem empunhou a espada e, com um golpe de frente, acertou a testa do outro guarda que se aproximava, rachando-a em duas partes distintas.

Eberon manteve o sangue-frio em suas veias angelicais e disse, cessando o ataque contra Perseguidor:

— Vejo que você teve bastante treinamento aqui no Inferno, Miza.

— Decidi me virar sozinha e aprender algumas coisas novas. É impressão minha ou suas pernas estão tremendo?

— Não seja tola! — provocou Eberon.

O diálogo foi interrompido quando escutaram numerosos passos e um turbilhão de vozes gritando ameaças:

— Vingança! Vingança! Morte a todos os Senhores da Cidade de Ferro.

— Odeio ter de me despedir de vocês. Nossa conversa continuará em outro momento. Tenho outros problemas para resolver — disse Eberon, sumindo nas sombras do canto do salão.

— Misalem, vamos sair logo daqui! — Perseguidor alertou.

Os dois passaram pela porta de onde tinham vindo Eberon e os guardas. O corredor ainda estava vazio, mas logo chegariam os reforços para conter a turba de prisioneiros que desejava se vingar de todos os Senhores daquela cidade infernal. Misalem conduziu Perseguidor por um caminho seguro. Enfim encontraram uma janela. Perseguidor voou com Misalem nos braços.

— Onde estão as suas asas? — Perseguidor perguntou para a súcubo.

— Essa é uma história que não quero contar.

— Você é quem sabe!

Perseguidor desceu em uma rua sem movimento e retraiu as asas.

— Me dê a caixa — ordenou Misalem.

O demônio entregou o objeto para ela.

— Você precisa cumprir sua parte do trato.

— Tenho palavra. Venha comigo.

Perseguidor e Misalem deixaram a Cidade de Ferro sem maiores problemas. Ainda não havia um aviso de recompensa pela cabeça deles. Misalem deixara um ponto de fuga aberto escondido em uma gruta nas proximidades da temível cidade. Os dois atravessaram o portal mágico e saíram em um bar da Cidade Baixa, em Porto Alegre. Com o lugar lotado, ninguém percebeu a chegada deles. Agora pareciam humanos comuns infiltrados entre os verdadeiros humanos.

— Vamos pra sua casa? — perguntou Perseguidor.

— Primeiro uma cerveja. Gosto dos prazeres terrenos.

A dupla sabia que em breve precisaria se proteger. Mas, por enquanto, o Senhor-mor da Cidade de Ferro tinha problemas maiores do que eles para se preocupar. Naquele dia, uma batalha sacudiu a sua residência. Porém, aquele demônio era muito poderoso e astuto para sucumbir a uma rebelião de presos; só um exército poderia tentar matá-lo ou alguém com capacidades muito além de simples demônios ou anjos. Além do mais, ele era vingativo e não deixaria barato a confusão realizada em seus domínios por Misalem e Perseguidor.

O DIÁRIO DE RENFIELD[3]

1. Incursão ao manicômio do dr. Seward

O Proprietário do Museu do Terror pegou diversas chaves. Uma delas teria de servir. Saiu da sala do dr. Seward e se embrenhou pelos corredores escuros do manicômio. Encontrou Renfield acordado. O homem olhava pela pequena janela de seu cárcere enquanto entregava um besouro para uma aranha em sua teia.

— Renfield — o visitante sussurrou o nome.

O sujeito se virou na direção daquela voz que não conhecia:

— Onde está o doutor? Quero falar com o dr. Seward pessoalmente.

— O doutor não está aqui, Renfield. Ele foi com os amigos procurar Drácula.

---

[3] "O diário de Renfield", inspirado em *Drácula* de Bram Stoker, é uma das relíquias presentes no conto "Museu do Terror", publicado pela primeira vez em 2009. Outras relíquias do texto original, com o protagonismo do personagem conhecido pela alcunha de Proprietário do Museu do Terror, ganharam suas próprias histórias no decorrer dos anos. "Relíquia", de 2013, conto publicado em *Mausoléu*, teve como pano de fundo "O gato preto" de Edgar Allan Poe; "Os desejos de Morris", de 2015, impresso em *Treze*, foi uma homenagem a "A pata do macaco" de W. W. Jacobs; e "A criatura do travesseiro", de 2017, integrante do livro *Comboio de espectros*, explorou o universo de "O travesseiro de penas" do escritor Horacio Quiroga.

A simples menção do nome de seu mestre fez com que a expressão tranquila de Renfield quase explodisse em uma tormenta.

— O doutor não sabe o que faz. Meu mestre acabará com todos — disse Renfield.

Em seguida se aproximou das grades. Falou em um murmúrio, como se fosse dividir um segredo:

— O mestre deseja uma noiva. A sra. Mina. Eu sei disso. E os desejos dele são incontroláveis. O mestre fará de tudo para raptá-la, para possuí-la.

— Escute, Renfield. Mina será salva. Além do dr. Seward, Van Helsing, Harker e mais dois amigos estão dispostos a protegê-la com a própria vida. Nesse instante, eu estou preocupado com você. Drácula virá matá-lo, meu amigo.

— Não somos amigos. — Renfield parecia uma criança disposta a contrariar o estranho.

— Mas seremos bons amigos a partir de hoje. Veja, tenho algumas chaves comigo, vim para libertá-lo.

— Quem disse que desejo sair daqui?

— Sei que você, além dos homens que já citei, também gostaria de livrar a sra. Mina do flagelo que Drácula representa.

Renfield ficou quieto.

— Drácula sabe do seu comportamento e dos questionamentos que você tem feito — disse o homem. — Ele pretende matá-lo.

O Proprietário do Museu do Terror começou a testar as chaves.

Enquanto conversavam, não perceberam a névoa sorrateira que invadira o cárcere pela janela. Protegida pela escuridão do fundo do recinto, materializou-se uma figura, que os observava.

— Você está pensando em me trair, Renfield? — uma voz horripilante retumbou pelo ambiente.

Renfield se virou tremendo e correu até a sombra, ajoelhando-se aos seus pés:

— Mestre! Por favor, me perdoe. — O homem apertou a barra da capa escura do amo. Não tinha nem mesmo coragem para encarar os seus olhos vermelhos. — Acredite em mim. Não fiz nada errado. Só achei que a sra. Mina merecia viver.

— Eu decido o que é melhor para ela. Não você, seu imprestável.

A figura envolta na capa esbofeteou Renfield e o jogou longe. Com o impacto da cabeça em uma das paredes, ele gemeu e desmaiou. O confronto despertou alguns loucos em suas celas.

O Proprietário do Museu do Terror enfiou a chave correta na fechadura e abriu a grade. O som do metal rangendo fez com que o agressor avançasse dois passos e saísse das sombras que ocultavam suas feições.

O rosto anguloso de dureza fantasmagórica, frio e branco como o mármore dos mausoléus, por um instante gelou a vontade daquele que entrava no cárcere. A boca vermelha se abriu em um esgar de maldade, revelando os profusos e alvos caninos sobrenaturais. O guincho, como se fosse o de uma ave de rapina, saltou da garganta que emanava um cheiro pútrido, de carne podre.

O homem pressentiu que seria atacado. Estudara o livro de Bram Stoker com cuidado. Não queria perecer nas garras infernais do conde. Por isso, preparou-se para o possível encontro com o vampiro.

Atirou contra a criatura uma bexiga. O pequeno balão de plástico estourou no peito do adversário. Água benta se espalhou pelo pescoço e pelo queixo do Príncipe das Trevas, além de encharcar um pouco de sua roupa. O líquido queimou, ardeu a pele, e fez com que o inimigo ficasse mais irado. Antes que o Proprietário do Museu do Terror fosse atacado pelo furioso monstro, empunhou uma cruz de prata.

— Não se aproxime, conde Drácula!

A queimadura provocada pelo elemento santo produzia fumaça na pele do sugador de sangue. A sua rápida regeneração estancou a dor e o ferimento. Só então, ele disse:

— Você tem coragem, rapaz! Admiro isso.

— Sou mais velho do que você, não me chame de rapaz!

Drácula não teve reação. Ficou perplexo por um instante ao escutar que poderia existir alguém mais antigo do que ele. Assim que se recobrou da informação inesperada, ironizou:

— Você não pode ser mais antigo que o mais nobre dos nobres da Valáquia.

— Sou aqueu. Portanto, mais antigo que a própria terra que um dia você governou.

— Um grego das primeiras civilizações europeias em carne e osso?

— Nunca me intitulei grego. Cheguei antes deles no mundo.

Drácula tentou se aproximar sem olhar para a cruz.

— Fique onde está! — ordenou o Proprietário do Museu do Terror.

O conde parou e em seguida retrocedeu, afastando-se para a escuridão quase completa do fundo da prisão. Os insanos despertos depois da confusão puderam escutar algo da conversa. Logo, um deles começou a berrar, e os outros também, fazendo do lugar um verdadeiro pandemônio.

— Preferia dialogar com você em vez de sermos inimigos, meu caro — disse o conde. — Mas sua educação, pelo visto, não foi das melhores, já que me atacou sem chance de defesa. E, pior, ainda me mostra esse objeto odioso. — Por um instante ele se calou, os gritos pareciam incomodá-lo. — Com esse tumulto não poderemos nos conhecer melhor. Tenho de partir.

— Talvez nos encontremos em outra oportunidade.

— Espero que sim, não descansarei enquanto isso não acontecer. Terei prazer em sugar o sangue de alguém que viveu na infância do mundo. E, quanto a Renfield, ele também terá o castigo que merece. Agora, a sede me chama. O gracioso pescoço de Mina me aguarda. — Drácula se transformou em névoa e partiu pelo mesmo local de onde veio.

O Proprietário do Museu do Terror guardou a cruz em um dos bolsos do manto escuro que usava. Tocou no pescoço de Renfield para saber se ainda estava vivo. Ficou aliviado ao saber que o servo de Drácula não morrera, apesar da violenta pancada que sofrera e do sangue que escorria de três cortes no rosto provocados pelas unhas em forma de garras do vampiro.

Renfield foi arrastado pelo homem por um corredor até que chegaram em uma porta. Ao passarem pelo umbral, adentraram no mundo real do Proprietário do Museu do Terror. O caçador de relíquias literárias tratou de cuidar dos ferimentos do indivíduo e lhe ministrar doses de remédios que o mantivessem em estado de calmaria absoluta. Desejava que Renfield um dia escrevesse um diário para contar suas experiências antes de ser encarcerado pelo dr. Seward.

2. O retorno para o livro

O personagem de Bram Stoker circulava pelos corredores do Museu do Terror. Lembrava-se da vez em que fora salvo pelo aqueu. O homem lhe proporcionou uma vida digna em troca da redação de um diário. Mas não servia contar sobre sua infância ou falar do primeiro emprego. O assunto tinha de tratar sobre o conde, a maneira como haviam se conhecido e como se desenrolara seu cotidiano até que fosse parar em um hospício.

Depois de encerrar a redação do diário, o aqueu sugeriu que trabalhasse no Museu. Renfield aceitou: não tinha intenção de voltar para o mundo sombrio do romance em que fora criado. Os meses e os anos se passaram. Mais um turno de trabalho se encerrava quando o homem fechou a entrada do Museu e rumou para o seu quarto, localizado no fundo de um dos corredores.

Escutou alguém chamá-lo. Olhou para trás, não viu ninguém. Deitado em sua cama, a voz insistia em perturbá-lo. Teve pesadelos. Enfim, resolveu levantar. Tinha uma cópia da chave do aposento do Proprietário do Museu do Terror. Fizera uma sem que ele soubesse.

Como o aqueu estava em uma de suas incursões secretas, decidiu invadir o quarto dele. Da estante de inúmeros livros clássicos,

pegou a obra escrita por Bram Stoker. Mais de uma vez espionara o Proprietário do Museu do Terror... Descobrira como ele fazia para ingressar na história dos livros. A cada vez que assistia o ritual, anotava atentamente as palavras místicas pronunciadas pelo seu empregador.

A voz em sua cabeça o perturbava. Precisava encontrá-la para obter paz. Não tinha alternativa... Em um momento de lucidez, se perguntou como ela poderia vir de tão longe e alcançá-lo em outro mundo.

Fez um corte no próprio pulso, entoou as palavras e derramou uma gota rubra sobre o livro e outra sobre o trinco da porta. Então a abriu. Nas trevas, ele avistou dois pontos vermelhos, olhos saídos do inferno.

— Mestre! — sussurrou Renfield, e em seguida entrou naquele ambiente gélido, fechando a porta atrás de si.

CONDESSA DAS TREVAS

Olhos da morte perseguiam meus passos. Minhas pálpebras pesavam tanto quanto o metal frio e enferrujado de uma velha cruz de ferro. Eu tentava enganar o sono e afugentar o pesadelo correndo pela cidade além das sombras impenetráveis. Precisava escapar da foice e despistar a cruel predadora que me perseguia.

Seres invisíveis invadiam minha mente, arrepiando meus ossos. Uma muralha de espectros, pouco a pouco, me cercava e as luzes das estrelas não queriam mais me guiar, nem mesmo para aliviar o meu terror. Ela me acossava como um coiote esfomeado, louco para saciar sua fome, seus desejos. Eu era apenas sua caça indefesa. Dentes profanos e afiados queriam sugar minha alma.

A escuridão gelada almejava me capturar. Imortal e mordaz, acompanhava atenta cada palpitação do meu coração. Pude ver seus olhos azuis injetados de sangue. Sua beleza me hipnotizava. Seus lábios vermelhos se moveram em câmera lenta. A voz de seda falou: "Quero você". Ela se aproximou. "Permitirei que meu poder escorra por suas veias mortais. Eu sou a predadora do mundo, insaciável e amante das trevas".

Um corpo que mais parecia um manto frio me abraçou. Um frenesi intenso tomou conta do meu espírito. Depois daquela noite, nunca mais corri além da madrugada. A eternidade me adotou. Tinha sido abençoado pela dádiva da imortalidade e, ao mesmo tempo, havia encontrado algo que poderia ser chamado de amor.

Naquele momento deixei de ser um sujeito temente a Deus. Me transformei no que sou. Um bebedor de sangue. Quando olho para um *homo sapiens*, vejo apenas um indivíduo para me servir ou me alimentar. Percebo dentro de suas artérias o sangue quente e doce, a poção mágica da minha vida atroz. Hoje sou a própria noite escura e misteriosa, moro onde mora a sombra, irmã que me esconde da civilização humana.

Durante o dia, o meu porão escuro e desagradável me protege dos raios solares, verdadeiros algozes de vampiros. Sempre antes do alvorecer, o sono invade meu íntimo, pois não consigo resistir à sua força. Quando estou dormindo, sou arremessado para a turbulência do inferno, onde vagam as almas que privei de seus corpos. Às vezes, quando os desalmados esquecem de me atormentar, consigo sonhar com o brilho do sol e tudo aquilo que se vê na perspectiva de sua luz. Quando isso acontece, encontro meu rosto manchado de lágrimas de sangue. Eu sou pura incongruência. Sinto um conflito eterno esmagando meu peito. Não queria ser um monstro, mas trilhei o caminho da insânia.

Um dia, a criatura que me trouxe para esse torvelinho de paixão e de desolação sumiu. Não deixou recado. Apenas desapareceu. Meu mundo desabou. Sozinho, o vazio me corrói.

É tempo de ver o sol. Mostrar que algo humano ainda existe em mim. Vou me banhar na sua luz redentora e gritar que não tenho medo de morrer de verdade. Quero apenas ver a luminosidade da manhã e me lembrar com fervor da Condessa das Trevas.

A SALA SECRETA DO DUENDE DOURADO

Um vento seco e úmido bateu no rosto de Léo. Ele pegou o molho de chaves no bolso e abriu a porta da loja. Lá dentro estava tudo escuro. Ligou a luz e desarmou o alarme. Em seguida fechou a porta. O centro da cidade àquela hora não era o melhor local para se frequentar. Contudo, o rapaz bebia em um bar da região quando decidiu ir a pé até o velho sobrado na rua Riachuelo. Só agora, quase dois dias depois do funeral de Maggie, percebera que as tais quinquilharias e livros raros do bisavô deviam estar no casarão, já que no apartamento em que moravam não havia nenhuma fechadura compatível para abrir com a chave que ganhara da mãe.

Quando estava chegando perto do sobrado, teve a impressão de que um homem o seguia de longe. Porém, quando passou uma viatura em marcha lenta por ele, o suspeito atrasou o passo e sumiu da vista de Léo ao dobrar em uma esquina. Devia ser apenas um bêbado caminhando sem rumo. Tentou esquecê-lo; não precisava ficar paranoico aos dezoito anos. Era muito novo para isso.

Ao sentir o cheiro de madeira dos móveis novos e restaurados, Léo se lembrou da mãe. Ela morrera devido a um tumor maligno e fulminante que fora anunciado ainda no início do ano. Nem mesmo a forte quimioterapia ajudara a mulher na luta contra a doença. Os médicos permitiram que ela passasse os últimos dias de vida em

casa. No dia derradeiro, quando a morte veio buscá-la, Léo ficou sabendo que John, seu bisavô, trouxera dos Estados Unidos algo de valor, ainda durante a Primeira Guerra Mundial.

Maggie, em um dos seus últimos lampejos de consciência e acamada, entregou para o filho uma chave antiga. Ele recordava-se bem da voz debilitada da mãe:

— Meu querido. Não fique triste. — As mãos fracas dela agarravam as dele enquanto entregava o objeto de metal enferrujado. — Estou cansada. Sem forças pra viver.

— Não diga isso.

— Chega uma hora que o corpo não aguenta. Quando fecho os olhos, não consigo mais nem sonhar. — Maggie tossiu algumas vezes. Léo estava preocupado, mas não emitiu opinião sobre aquela tosse seca e insistente. — Hoje, que estou chegando no fim da linha, me pergunto por que nunca tive coragem... — Ela tossiu de novo.

— Coragem do quê, mãezinha?

— De vasculhar as coisas do seu bisavô.

— Que coisas?

— Sua avó sempre me disse pra não mexer nos livros dele. Ela deixou tudo trancafiado. Só insistia em dizer que era melhor não vender, não doar, só guardar. Manter tudo fechado. Eu fiz o que ela disse. Tive medo. Não gostava do jeito que ela falava quando tocava nesse assunto.

— Medo de alguns livros?

Ela balançou a cabeça positivamente.

— Hoje vejo que sempre fui cheia de medos. De livros, de pessoas, de viagens... Não vivi tudo o que podia ter vivido.

— Mas não teve medo de me adotar, de me dar educação, carinho e um lar.

Maggie encheu os olhos de lágrimas.

— Você me deu muito mais em troca, meu filho. — A mulher agora sorria com ternura. — Enfim, eu não quero que você cultive meus receios ou superstições. — Ela voltou a tossir com maior intensidade. — Acho que está na hora de você ver as velharias esquisitas do seu bisavô. Os tais livros raros que eu nunca quis ver.

Maggie tossiu mais algumas vezes e Léo entregou um copo de água para ela. A mulher queria continuar a conversa, mas o filho pediu para que ela descansasse. A mãe, sem opor resistência, fechou os olhos e adormeceu em seguida. Parecia aliviada, mesmo com o rosto mais pálido do que uma vela branca. Léo apertou a chave na mão, olhou para o objeto e depois o guardou no bolso da calça jeans. A mãe morreu naquele mesmo dia, antes que ele pudesse perguntar qual fechadura a chave abria.

No dia do velório, poucas pessoas compareceram ao cemitério. O rapaz contou nos dedos de uma mão os presentes. Além dele, estavam se despedindo de Maggie, Jaiminho, o artesão que restaurava e produzia os móveis da loja, funcionário de longa data de sua mãe; Laurinda, recém-contratada para administrar o negócio da família; Selma, a síndica do condomínio; e Rui, o advogado.

— Meus pêsames, rapaz. Sua mãe era uma pessoa idônea.

— Obrigado, Rui.

— Sei que não é hora pra conversar sobre isso. Mas falei com a srta. Laurinda sobre a situação financeira de sua mãe. Não sei se você está ciente das dívidas.

Léo olhou para o advogado sem saber o que dizer.

— Desculpe. Não é minha intenção incomodá-lo. Apenas lembre-se de passar essa semana no meu escritório. Pode ser?

— É claro, Rui. Obrigado por avisar — Léo disse, desanimado.

O advogado se afastou um pouco quando Laurinda se aproximou.

— Olá, Leonardo. Sinto demais pela sua mãe. Ela era uma pessoa admirável. Eu aprendi muito com ela. Tudo o que estiver ao meu alcance, pode pedir. Não sei se você vai querer tomar as rédeas do negócio a partir de agora. Eu posso te ajudar.

— Obrigado, Laurinda. Eu não sei bem como a loja funciona, mas minha mãe confiava em você. Desculpa não ter tido tempo pra

te conhecer antes, mas a faculdade está me deixando muito ocupado ultimamente. Estou no segundo semestre, ainda não me acostumei.

— Você vai ver depois de se formar. — Laurinda sorriu. — Vai piorar.

Léo também sorriu e ficou um pouco encabulado. Achou que não deveria estar se divertindo no velório da mãe. O jovem sentiu uma mão pesada em seu ombro. Era Jaiminho. O homem tinha em torno de cinquenta anos e parecia forte como um touro.

— Oi, meu garoto. Nem sei o que dizer, sua mãe vai fazer falta. — Os olhos de Jaiminho estavam cheios de lágrimas. Os dois se abraçaram.

Jaiminho trabalhava como funcionário de Maggie havia mais de três décadas. Começara bem na época em que a mãe de Léo deixara de morar no sobrado do bisavô para transformá-lo em uma oficina e loja de móveis. Assim que os dois secaram as lágrimas, Laurinda tentou participar da conversa, mas foi interrompida pela síndica:

— Sua mãe era uma vizinha exemplar, Léo. Nunca teve nenhuma desavença no prédio. Sempre séria e elegante. Uma perda mesmo.

Léo agradeceu as palavras de Selma. Depois disso, parecia que não havia mais clima para conversas. A tarde se arrastou até que chegou a hora de encarar as primeiras pás de terra sendo jogadas sobre o caixão que guardava o corpo de sua querida mãe. Ele chorou sem vergonha. Assim que o sol se pôs, o jovem foi embora com os outros. A vida tinha de continuar.

Naquela mesma semana, Léo ficou sabendo que as dívidas da mãe eram inúmeras. Teria de vender o apartamento em que moravam. Não conhecia nada dos negócios de Maggie. Talvez vender o sobrado com a loja fosse uma boa ideia. Ele não podia se lamentar, não estava na rua da amargura; pelo contrário, se fosse organizado conseguiria pagar as dívidas e teria dinheiro suficiente para viver. Em alguns anos concluiria a universidade, aumentando suas chances de trabalhar com o que gostava. Mas ele não tinha muito tempo para se decidir — Rui avisara que as contas precisavam ser pagas ainda nos próximos meses. O advogado foi enfático:

— Rapaz, vender o apartamento é uma solução temporária. Mas vender também o sobrado vai quitar o valor da dívida e deixar a sua conta no banco com saldo positivo. Não arrisque perder tudo pros juros que o banco vai cobrar. Os banqueiros são uns tubarões.

— Preciso de um tempo pra pensar, Rui — foi a melhor resposta que Léo conseguiu elaborar.

— Sua mãe não deixou mais nada pra você?

— Nada de valor. Só coisas de casa mesmo.

Rui ficou pensativo. Parecia digerir a resposta. Seu olhar era de desconfiança.

— Pense bem. Todo patrimônio pode te ajudar.

Léo tocara a chave que ainda permanecia no seu bolso. Mas achava que livros, mesmo raros, em algum local que ele desconhecia, pouco ajudariam suas finanças. Foi somente na noite em que frequentava um bar no centro da cidade que mais uma vez pegou a chave para admirá-la. Não tinha nada de especial. Olhou pensativo para o objeto e se deu conta de que talvez abrisse alguma porta do velho sobrado, onde se encontrava a loja de móveis da mãe. Afinal, lá fora a casa do bisavô. Por isso, já embalado pela bebida, se arriscou caminhando sozinho na noite fria e nas ruas silenciosas do Centro Histórico até o casarão. De certo, encontraria a pilha de livros velhos de John. Sabia que não enriqueceria com papel velho e provavelmente danificado por cupins e traças, mas poderia se divertir se encontrasse algo sobre a história da família.

Dentro do casarão, fitava a chave e conversava com ela:

— Que porta você abre, minha amiga?

O térreo era amplo e abrigava os móveis para venda no saguão e nos quartos. Estavam misturados entre restaurados e novos: cômodas, mesas redondas, laterais, quadradas, de jogos, de apoio, de centro, banquetas, bancos, cadeiras, aparadores, divãs, arcas, baús,

chapeleiras, poltronas, balcões, cristaleiras, escrivaninhas, penteadeiras, pufes, molduras e sofás. No andar havia somente mais três portas, além da de entrada. Uma delas dava para uma cozinha, a outra para um banheiro e a última para o pátio. No restante, todos os cômodos ficavam abertos, possibilitando mobilidade para os clientes quando visitavam a loja.

Às vezes Léo se esquecia do quanto aquele lugar era interessante; o aroma de madeira e de coisas antigas aguçava sua imaginação. Talvez a chave abrisse algum baú. Não custava tentar. Se aproximou de um, feito de mogno, que estava no aposento dos fundos. Porém, logo observou que a fechadura já tinha outra chave. Naquele quarto havia uma porta que dava para o quintal da casa. Ele a abriu e sentiu o frio da madrugada. O pátio diante dele era amplo e bem cuidado por um jardineiro. Tinha até um parreiral que dava uma ótima sombra em dias de sol.

Léo foi até a cozinha e fez um café; precisava colocar as ideias em ordem. Assim que ficou pronto, sorveu um gole. Decidiu subir as escadas para o segundo andar levando consigo a xícara. No andar superior, havia a sala da administração e uma oficina de restauração de móveis. Laurinda usava uma sala e o restante era conduzido por Jaiminho. Sem maiores pretensões, Léo caminhou pelos aposentos. Encontrou mais móveis, em sua grande maioria sendo reparados. Fazia muito tempo que não visitava o segundo andar. Só agora lhe ocorria que parecia menor do que o andar térreo. Léo entrou na sala de Laurinda e ligou uma pequena luminária sobre a mesa cheia de papéis. Ele viu um envelope escrito com o seu nome. Estava lacrado. Pegou o papel e no seu verso identificou a assinatura da mãe. O rapaz não entendeu por que uma carta em nome dele estava ali, na mesa de Laurinda. Teria a mãe pedido à funcionária que entregasse a mensagem para ele? Se fosse isso, por que ainda não tinha entregado? Achou melhor deixar de se fazer essas perguntas e simplesmente abriu o envelope depois de deixar a xícara na quina da mesa. Encontrou um papel com uma mensagem: "Da janela, olhe para a lua quando estiver cheia. O brilho do luar indicará o local do duende".

— Minha mãe escrevendo charadas. Não acredito... Deve ser o local que a chave abre. Ela podia ter me dito. Seria mais fácil — disse para si mesmo, tentando entender os motivos de Maggie. Talvez, quando escrevera a mensagem, ainda não tivesse certeza de que entregaria a chave para ele.

Léo abriu a janela de madeira da sala da administração. Olhou para o alto e não viu a lua. Fechou-a e se dirigiu para os fundos, abrindo outra janela. Lá estava ela, bem cheia e prateada no céu limpo de inverno. O rapaz olhou para o pátio, procurando por algum brilho no chão, no jardim, na terra, no parreiral, nos muros da propriedade, mas não viu nada que chamasse sua atenção. Ele se esticou sobre a beirada da janela e olhou para o seu lado direito e viu um brilho em um metal ou pequeno espelho de outra janela mais central.

— Será? — perguntou em um sussurro.

O rapaz, ao olhar para dentro do casarão procurando por aquela janela, enxergou móveis e uma parede. Ocupando todo o espaço da parede que estava diante de si, tinha uma estante enorme com nichos para diversas ferramentas e outros entulhos. Léo foi até ela e a contornou chegando a um corredor que levava para outra sala. Na outra sala, não conseguiu identificar onde estaria aquela janela do andar de cima do sobrado. Intrigado, deu três batinhas numa das paredes e, pelo barulho, compreendeu que havia um espaço interno escondido ali. Como nunca percebera isso antes?, perguntava a si mesmo.

— Só se encontra o que se está procurando — disse em voz baixa.

Léo retornou para a sala onde ficava a estante de ferramentas. Tentou arrastá-la, mas não conseguiu. Viu uma pequena lanterna num dos nichos e a ligou. Com o facho de luz, tentou enxergar o que tinha atrás do móvel. Teve a impressão de que havia algo na parede.

O rapaz começou a tirar as ferramentas mais pesadas, colocando-as no chão. Logo arriscou arrastar mais uma vez a estante. Conseguiu movê-la um pouco, mas não o suficiente para passar. Contudo, agora conseguia visualizar uma porta. Animado com a descoberta, continuou o processo de esvaziar os nichos até que pudesse chegar ao seu objetivo.

Enfim, limpou o suor da testa e pegou a chave para inseri-la na fechadura enferrujada. Depois a girou, abrindo a porta. Um cheiro de mofo invadiu as suas narinas. Como não encontrou interruptor na parede da sala secreta, manteve a lanterna empunhada. Partículas de poeira eram bem visíveis no facho de luz amarela. Teias de aranha ocupavam duas estantes de livros. Léo espirrou.

— Maldita rinite.

Ele entrou naquele ambiente estagnado e de objetos velhos. Havia, além dos livros, uma escrivaninha, uma máquina de escrever sobre ela e um linotipo ocupando boa parte da sala. Era uma máquina bem rara. Avistou também a janela, a qual decidiu abrir para renovar o ar. O luar entrou, deixando menos lúgubre o lugar. Na escrivaninha repousava uma estatueta. Léo pegou-a. Queria vê-la mais de perto. Parecia de ouro. Lembrou-se da mensagem da mãe, que informava sobre o "local do duende".

Léo sentiu algo fincar o seu dedão da mão esquerda. Foi uma dor aguda e intensa. Ele deixou cair a estatueta e praguejou. Sem ter um lenço à disposição, limpou o sangue na própria calça. Decidiu que depois faria um curativo; estava muito mais interessado em vasculhar a sala escondida. Se agachou para pegar a estátua, porém não a viu no chão nem debaixo da escrivaninha. Será que tinha rolado para algum canto?

Quando o rapaz se levantou, viu uma pessoa parada na entrada da sala. A luz da lua não permitiu identificar quem era. Mas pôde ver, nas paredes internas do cômodo secreto, símbolos geométricos desenhados que se destacavam ao luar.

— Você me disse que sua mãe não tinha dado nada pra você, Léo.
— É você, Rui? — o rapaz perguntou quando reconheceu a voz.
— E quem mais seria?
Léo apontou a luz da lanterna para o homem.
— Não mire nos meus olhos, rapaz. — Rui botou uma mão na frente do rosto para evitar o facho luminoso do objeto.
— Desculpe. — Léo direcionou a luz para o chão. — Como você entrou aqui?
— Tenho meus segredos. — O homem esboçou um sorriso irônico.
O rapaz se aproximou do advogado.
— O que você quer a essa hora?
— Imaginei que, com tudo que viu, você já tivesse adivinhado.
— Não, não adivinhei.
— Vim conhecer a biblioteca do seu bisavô. Posso entrar?
— Acho melhor você voltar outro dia — disse, sem muita convicção.

Rui não se moveu. Ficou parado antes da soleira da porta.
— Prefiro ver agora o que o seu parente deixou de herança. Quero verificar se é verdade o que dizem dos livros dele. Posso comprar de você tudo o que tem aqui. Você não teria mais dívidas. Só preciso ter certeza de que ele guarda o que eu procuro.

Léo achou aquela uma boa proposta. O que poderia fazer com livros velhos?
— Entra então e vê se tem o que você quer. Mas já aviso que, se tiver, vou cobrar caro.

Rui gargalhou e respondeu:
— Você é quem manda, garoto.

O advogado cruzou a soleira e, quando seu pé direito tocou o chão, uma descarga elétrica percorreu o corpo dele. Uma luz esbranquiçada como uma teia de raios fritou Rui dos fios de cabelo da cabeça até a sola dos sapatos. O homem tremeu, seus dentes rangeram, seus olhos

estalaram e seus pelos se arrepiaram. O cheiro de carne queimada invadiu o ambiente antes mesmo que ele caísse no chão. Os símbolos na parede pulsavam emitindo uma cor esmaecida e amarela.

Léo, de boca aberta, segurou um grito de espanto. O corpo de Rui sacudiu ainda alguns segundos em seus últimos espasmos. O rapaz caiu de joelhos ao lado do cadáver e o virou, na esperança de que ainda estivesse com vida.

— Somente feiticeiros da nossa ordem ou ignorantes podem entrar aqui — disse uma voz arranhada e aguda atrás de Léo.

O rapaz, ainda de joelhos no chão, se virou e não conteve um grito de pavor ao ver a criatura. Então se afastou, arrastando-se em direção à porta, que se fechou sozinha, como se movimentada por mágica.

— Já vi reações piores, rapaz. Fique calmo.

Léo se encostou na parede. Sentado e com as duas mãos tremendo, empunhava a lanterna na direção do pequeno monstro.

— Não é possível. Não é possível. Você é aquela estátua.

— Eu não sou uma estátua. Eu sou isso aqui que você está vendo. Uma criatura da natureza.

— Só posso estar louco. — O suor escorria da testa de Léo.

— Não está, não. Eu garanto. Eu sou de carne e osso. O problema é que sou vítima de um encantamento que, de vez em quando, me transforma em ouro. É uma espécie de prisão que se forma em torno do meu corpo, entende?

Léo balançou a cabeça negativamente.

— É claro que não entende. Se você entrou aqui é porque é um ignorante ou faz parte da ordem. Pelas suas reações, tenho certeza de que você não sabe nada de nada. Em que ano estamos?

— Em... 2024.

— Ah, não. Perdi um século de história. Por que John fez isso comigo? Sabe dizer?

— John era meu bisavô. Eu não o conheci — Léo disse com a voz trêmula.

— Vamos ter tempo pra descobrir isso. O que importa é que você me libertou. Quero sair um pouco e ver como estão as coisas na rua.

— Não podemos sair. Tem um homem morto aqui. É o advogado da minha família.

— E daí? Ele queria nos roubar. Passar a mãos nos nossos livros. Deixa o corpo esfriar um pouco aí mesmo.

— Ele não queria roubar. Queria comprar os livros... — Léo titubeou. Não tinha certeza do que estava dizendo.

— Não seja ingênuo. Se ele foi torrado pelo encantamento é porque pertencia a um clube rival. As intenções dele não eram as melhores. Percebeu que ele perguntou se podia entrar?

Léo não disse nada.

— Pois então, ele achou que você tinha algum poder sobre a sala e possíveis armadilhas. Quando você liberou a entrada, ele cruzou a porta. Palavras podem ser como chaves na boca de feiticeiros. Coisa que você ainda não é. Mas que bom que ele se deu mal. Sem dúvida, um amador. Só que eu garanto: ele não vai ser o único e devem ter pessoas mais espertas por aí.

Léo continuou calado. Estava tentando absorver aquelas informações.

— Preciso dar uma volta, quero respirar um ar menos pesado. Nos preocupamos com ele depois.

— Não. De manhã vai ser segunda-feira. Os funcionários da loja vão entrar aqui e encontrar o corpo.

— Você transformou o sobrado do John em uma loja? Que ótimo! — Léo percebeu a ironia na voz do duende.

A criatura deu um salto até a escrivaninha. Ela parecia ágil e suas roupas leves ajudavam em sua mobilidade. Então olhou pela janela e observou a posição da lua.

— Ainda não devem ser duas da madrugada. — O duende saltou mais uma vez, parando sobre o parapeito da janela e olhou para o jardim. — Conservaram o pátio do seu bisavô. Vamos enterrar o intruso.

— O quê? Você está brincando? — Léo começava a dialogar com o duende como se fosse algo natural.

— Foi você quem disse que podem encontrá-lo aqui. Minha sugestão é boa. Não vai ser o primeiro.

Léo arregalou os olhos.

— Não faça essa cara de espanto. Tenho histórias interessantes pra contar do seu bisavô. Vamos enquanto é tempo.

Léo se levantou desanimado. Sem saber por onde começar, pegou o cadáver pelos tornozelos e começou a puxar Rui para fora da sala.

— Não, não. Primeiro você vai cavar um buraco pra ele. Depois levamos o corpo.

— Sozinho?

— Eu não tenho tamanho nem força suficiente pra pegar numa pá. Vai ter de ser você.

Léo procurou por uma pá e encontrou uma num pequeno galpão que ficava nos fundos do terreno. Em torno da propriedade existiam outras casas, menos na parte da frente, que dava para a rua. Do pátio dava para enxergar alguns prédios da rua de trás. Léo percebeu que as janelas estavam fechadas — somente uma delas aberta, na verdade, mas sem nenhum indício de luz que viesse do apartamento. Além disso, o parreiral encobria bem a vista de curiosos. O rapaz começou o trabalho árduo, sendo observado de perto pelo duende.

— Sabe, garoto, seu bisavô era um empreendedor! Gostava de livros. Queria publicar tudo o que fosse de cunho sobrenatural. Teve uma editora e botou meu nome. Éramos amigos. Editora do Duende Dourado. Lembro bem.

Léo percebeu uma luz sendo acesa em um dos prédios. Parou de cavar e pediu silêncio para o sujeitinho de pele esverdeada. A criatura ficou quieta. Assim que a luz se apagou, o jovem continuou cavando.

— Vamos deixar pra conversar quando estivermos na casa.

— Você é quem manda — disse o duende. — Mas não esquece, vou querer dar uma volta por aí hoje mesmo. E você vai me levar!

— Eu levo se você se comportar — arriscou Léo.

— Sou um doce quando quero. Combinado.

Os dois se calaram. O duende ficou dando voltas pelo terreno, olhou as flores, o jardim e observou as estrelas, respirando o ar da noite enquanto Léo cavava.

Por volta das cinco da manhã, o duende disse que a cova tinha profundidade suficiente. Os dois entraram no sobrado e subiram as escadas. Léo pegou o cadáver pelos tornozelos e começou a puxá-lo.

— Ei, garoto. Tá maluco? Vamos ser práticos. Pra que descer as escadas com esse mequetrefe e deixar rastros no assoalho? Vamos jogá-lo aqui pela janela. Com um pouco de pontaria, ele cai direto no buraco. — O duende riu.

— Não achei engraçado.

Apesar de não gostar da ideia, Léo olhou pela janela e concordou com a criatura. Em seguida, arrastou o corpo e se certificou de que não tinha ninguém o observando de alguma janela e o jogou. A terra amenizou o barulho do impacto.

O herdeiro de John e de Maggie desceu as escadas exausto e depositou o morto em sua mais nova moradia. Devia ficar ali pela eternidade. Antes que começasse a jogar terra sobre o cadáver, o duende disse:

— Você não vai olhar nos bolsos? Vai que ele tem alguma coisa importante.

Léo pulou dentro do buraco e vasculhou as calças e o casaco. Encontrou uma carteira e um celular.

— O que tem aí? — perguntou o duende.

Léo abriu a carteira. Tinha alguns trocados, cartões de crédito e de visita.

— Melhor verificar com atenção os papéis dele. Pode ter alguma pista sobre o clubinho dele. Esses indivíduos nem sempre estão sozinhos. Talvez ele trabalhasse pra alguém.

— Vamos ver isso depois. Vou guardar por enquanto.

— E essa caixinha?

— É um celular.

— Nunca ouvi falar.

— É tipo um telefone sem fio. Mas que faz mais coisas do que só telefonar.

— Humanos estão sempre reinventando coisas. Suas tecnologias às vezes parecem mágica.

— Em algum momento vou precisar me livrar de todas essas coisas. A polícia vai procurar por ele mais cedo ou mais tarde.

— Fica tranquilo. Agora estou por perto. Eu ajudo você, e você me ajuda.

Léo não respondeu. Ainda não sabia se podia confiar naquele pequeno monstro. Mas, como as coisas estavam acontecendo rápido demais, deixou que a intuição o guiasse. Precisava da criatura ao seu lado enquanto colocava o pensamento em ordem. Ainda tinha esperanças de que deitaria a cabeça sobre o travesseiro e, quando acordasse, aquilo tudo não seria mais do que um pesadelo.

O rapaz tapou a cova com terra.

— Não tá perfeito, mas por enquanto deve servir. Aconselho plantar flores ou grama aí nessa parte do terreno.

— Vou fazer isso, mas agora tô morto de cansado. Preciso descansar.

Ao dizer isso, Léo e o duende entraram na casa.

— Primeiro toma um banho e se livra dessa roupa suja — disse a criatura.

— Não tenho outras roupas aqui.

— Você não mora no sobrado?

— Não.

— Então trate de se mudar pra cá agora mesmo. Este vai ser o lugar mais seguro pra você. Agora que a sala do seu bisavô foi aberta e eu estou de novo em atividade, a presença de mana pela região vai se intensificar. Feiticeiros mais poderosos das redondezas vão poder me detectar.

— Que história é essa de mana?

— Mana é como a argamassa da magia, dos feiticeiros. É uma energia que se concentra nos elementos e pode ser utilizada pra gerar encantamentos.

— Por favor, me conte essas coisas aos poucos. Não sei se tenho cabeça pra tantas informações novas de uma vez só. Aqui na casa tem banheiro, então pelo menos posso tomar uma chuveirada e dormir num sofá do segundo andar. E quanto a você? — Léo perguntou, com receio do que o duende poderia fazer enquanto estivesse dormindo.

— Vou pra sala do seu bisavô me proteger dos raios do sol. Não posso com eles, fazem mal pra minha pele. Mas vou ficar de ouvidos atentos e evitar que alguém entre na casa. Quando o sol baixar no horizonte, vou precisar de uma coisa sua.

— O quê?

— Olha, vou ser franco... Quando você me despertou, se ligou a mim.

— Como assim?

— Foi com o seu sangue que eu despertei. Todas as noites vou precisar de uma gotinha pra não me tornar aquela estátua de ouro.

Léo olhou para o dedo e se lembrou do pequeno ferimento que tivera quando entrara na sala escondida.

— Sangue é vida, rapaz. Você tem muito o que aprender pela frente. Você vai ver que o mundo que você conhece é somente um véu pra esconder dos ignorantes as coisas mais fantásticas. Algumas delas são maravilhosas e boas; outras são más, caóticas e perversas.

— Não consigo acreditar. Acho que depois que eu acordar você vai sumir da minha frente. Isso não pode estar acontecendo.

— Relaxa. É melhor aceitar logo a verdade.

— E quanto à sala? Nós precisamos esconder ela de novo. Laurinda e Jaiminho vão chegar pro trabalho hoje de manhã.

— Você não pode ligar daquela caixinha pros dois e dizer pra eles não virem hoje? Eu já devia ter sugerido isso antes, mas você estava preocupado com o corpo.

— Mas o que eu vou dizer?

— Você não é o proprietário do sobrado?

— Sou.

— Diz pra eles não aparecerem hoje. Inventa qualquer coisa.

Léo ficou pensando em uma desculpa para contar aos dois. Tomou um banho e ligou para eles assim que amanheceu. Pediu para que Laurinda e Jaiminho não fossem até a loja, que tirassem aquele dia de folga. Disse que queria ficar sozinho no sobrado e ponto final. Em seguida, subiu até a sala secreta. Lá estava o duende, folheando um livro no escuro.

— Despachou os funcionários?

— Por hoje, sim.

— Agora vai descansar, então, e quando você acordar conversamos mais um pouco. Vou indicar umas leituras pra você. Tá vendo este livro aqui? — O duende apontou para um tomo de capa dura.

— Tô. Ele tem algo de especial?

— Este livro foi editado pelo seu bisavô. É o famoso e raro *Unaussprechlichen Kulten*.

— Nunca ouvi falar.

— Espero que em algum momento você seja um investigador do sobrenatural como o seu bisavô e faça jus ao nome dele.

— Só queria estudar e um dia terminar a faculdade.

— Esquece isso. Você vai investigar o oculto, rapaz, vamos descortinar o véu.

— Agora vou é dormir. Estou exausto. E espero que, ao acordar, descubra que você não passa de um pesadelo.

— Vai tirar uma sonequinha então, ignorante.

— Não precisa me xingar.

— Isso vai depender só de você. E não pense que vai se livrar de mim tão fácil. Assim que você abrir os olhos, vou estar aqui pra beliscar você e provar que eu existo. Vai logo, garoto.

Léo foi quase se arrastando até um sofá que ficava ao lado da sala secreta e dormiu o dia inteiro. A partir daquele momento, o sobrenatural invadiu a sua vida como uma tempestade.

PECHINCHA

Uma pechincha, afirmou meu pai. Ele comprou a cama usada e instalou em meu quarto. Não consegui escapar da observação enfadonha de minha mãe. Talvez com um colchão novo você consiga se segurar, o outro cheirava a urina, disse sem se importar com os meus sentimentos. O sinistro me surpreendeu logo na primeira noite. Eu me protegia do frio com um cobertor. Pensei ter ouvido algo rastejando debaixo da cama. Unhas arranhavam o piso de madeira. Era provável que a coisa arrastasse consigo correntes. Vários gemidos dissonantes acompanhavam aquela estranha sinfonia. A cama começou a tremer. Quis pular e correr para o quarto dos meus pais. Mas fui preso pelo cobertor que se enroscou em meu corpo, impossibilitando a fuga. Rolei até cair no assoalho. Das trevas sob meu leito, dezenas de olhos me fitaram. Apaguei. Acenderam-se as luzes de um quarto desconhecido. Eu não sabia quanto tempo havia se passado. Vi pés pequeninos descalços e pés adultos vestindo chinelos. Ao meu lado, reencontrei aquelas dezenas de olhos. Já não me assustavam tanto. Eu era um par deles agora. Em silêncio, aguardamos pelo apagar das luzes.

GUÍZER CONTRA A ARANHA DE MIL FILHOTES

1. Prisão

O tinir de metal o acordou. A cabeça estava dolorida. Passou a mão na têmpora direita para tentar aliviar a dor. Percebeu o sangue seco e se lembrou de como tinha sido derrubado. Levara uma pancada antes que pudesse argumentar contra o agressor, um soldado do império. Depois disso apagara por completo. Somente agora retornava à consciência, sem saber quantas horas haviam se passado. O lugar fétido e pouco iluminado possuía lampiões instalados no teto do corredor, os quais forneciam uma claridade opaca e doentia.

Guízer não era o único preso amontoado em uma pequena cela. Do outro lado das grades, um homem os observava empunhando um pequeno martelo. Ele vestia uma armadura simples de couro. Era forte, alto e de feições calejadas. Ao seu lado, uma imensa pantera rosnou para os prisioneiros.

— Eu sou o Treinador — disse o homem. — Prestem atenção se quiserem sobreviver. Eu posso mandá-los agora para os níveis mais profundos da masmorra ou então conduzi-los para a glória. O que vocês preferem?

— Eu não devia estar aqui — falou um homem magro, vestido com roupas de nobre.

— Nem eu — disse outro, de aparência mais corpulenta e vestes comuns.

— O destino de vocês já está selado. Os soldados do nosso imperador derrubaram o covil nojento dos rebeldes. Prenderam todos que estavam na Taberna do Rato Cinzento, sem exceção, incluindo vocês e outras pessoas.

— Eu não sou rebelde — tentou argumentar o homem magro. — Sou de uma família rica.

— São bem perigosas quando debandam para o outro lado — disse Treinador, batendo de leve com o martelo nas grades. — Financiam o crime.

— Não é verdade. Meu pai contribui com os impostos e doações para o império.

— Qual é a sua família?

— Nifalls.

— Estão falidos. Não possuem nenhum representante na Mesa dos Conselheiros. A possibilidade de você estar negociando com os rebeldes aumenta a cada frase que me diz.

— Não. De jeito nenhum. Eu não faria isso. Sou fiel ao imperador.

— Vocês comerciantes negociam com qualquer um, sem se importar com o que pode acontecer. Pessoas de boa índole não frequentam aquele lugar. — Treinador mostrava impaciência.

— Por favor, deixe-me falar com o meu pai.

— Você vai pagar pelos seus atos, assim como os outros que estão aqui. Vou perguntar de novo: preferem a glória ou as profundezas das masmorras?

— Eu sou uma iniciada. — A voz confiante veio da cela na frente da qual estava preso Guízer com os outros.

Uma pessoa toda vestida de preto, de olheiras profundas e rosto cadavérico se aproximou das grades e disse:

— Meu mestre não gostará de saber que fui mantida prisioneira.

— Um mestre dos sonhos? — perguntou Treinador.

— Sim. É melhor me libertar imediatamente.

Treinador por um instante pareceu preocupado. Depois de alguns segundos de reflexão observando a pequena garota, disse:

— Não existem iniciadas. Somente iniciados.

— Aí é que você se engana. Os tempos estão mudando. — Sua voz imponente reverberou na cela vazia.

— Qual o seu nome e o de seu mestre? Ele será avisado da sua detenção e, se você for mesmo uma iniciada, a libertaremos.

— Meu nome é Aiomi. Não posso revelar o nome do meu mestre em vão.

— Diga o nome dele ou escolha entre a masmorra ou a glória.

A garota ficou calada. Seu rosto se fechou taciturno com as sobrancelhas arqueadas. Ela se afastou das grades, indo para o fundo da cela.

— Pois bem, creio que seu silêncio já diz tudo. Só de pisar naquele antro você e todos os vagabundos que estão aqui não servem para o imperador. Foram destituídos de suas funções, títulos e não adianta chorar. Precisarão sobreviver na arena para ganhar uma nova chance em nossa sociedade. Vocês têm sorte, pois os principais conspiradores já foram identificados e estão recebendo o tratamento adequado dos nossos inquisidores. Assim sendo, daremos o benefício da dúvida para vocês. Vou perguntar pela última vez. Não gosto de perder tempo. Decidam com sabedoria: preferem uma longa temporada nas masmorras, sem previsão de alcançar a liberdade, ou entrar na arena fazendo parte do meu time?

Guízer compreendeu que não tinha nenhuma chance de argumentar contra o Treinador. Entrara na Cidade dos Sonhos com uma carta de identificação falsa. O documento afirmava que era um homem livre que tinha comprado sua liberdade. No entanto, se alguém fosse investigar com cuidado o selo carimbado poderia descobrir a falsificação. Por azar do destino, que nunca fora muito gentil com ele, na noite anterior estava comendo uma parca refeição na Taver-

na do Rato Cinzento quando os soldados do império entraram para arrastar, bater, prender e matar seus supostos inimigos.

Com certeza não ajudaria dizer que fugira de uma fazenda de papoula-púrpura no sul do império. A verdade não comoveria o Treinador e quem quer que fosse da capital. A Cidade dos Sonhos funcionava da exploração da labuta alheia tanto quanto a fazenda de onde vinha Guízer. Lá nas plantações, o seu sangue e o seu suor eram extraídos pelo açoite cortante do chicote dos peões como um aviso permanente de que devia trabalhar sem descanso.

Guízer vivia com os pais e a irmã em uma minúscula cabana de madeira na comunidade vinculada à fazenda de um poderoso senhor de engenho de papoula. O pai, não muito velho, mas com o corpo desgastado pelo sol e pelo trabalho forçado, atualmente produzia o pó arroxeado proveniente da limpeza da flor, do seu esmagamento e da sua secagem. O produto manufaturado, designado como poeira onírica, atingia um alto valor no mercado. Porém, a lei permitia que fosse vendido somente para os mestres dos sonhos e para o imperador. Não foram poucos os contrabandistas que tentaram acabar com esse monopólio. No entanto, sempre que um deles era pego cometendo tal crime, acabava enforcado ou decapitado em praça pública.

A flor de papoula em seu estado natural, se for mastigada ou convertida em chá, induz a um sono profundo. Quem a consome dorme mais de dois dias seguidos, acorda com o corpo dolorido e não consegue se lembrar de nenhum dos seus sonhos. Funciona como um potente analgésico. Porém, suas propriedades se modificam quando as flores moídas secam ao sol. Ingerir a poeira onírica com água deixa o usuário com insônia, aumenta perigosamente suas batidas cardíacas, fortalece músculos, amplia resistência e força física, além de diminuir a sensação de dor. Contudo, nesse estágio de manufatura o seu uso é perigoso, pois pode levar à morte.

Assim que a poeira onírica chega aos pináculos de esmeralda e torres de mármore rosado dos mestres dos sonhos, passa por um segundo tratamento que somente alguns indivíduos da ordem dominam. Eles produzem dois tipos de bebidas a partir da poeira. A versão mais popular é chamada de Ilusão e costuma ser comercializada em mercados e tabernas da capital. Possui amargor intenso e não cai muito bem ao paladar. Mas logo o relaxamento dos músculos e um leve torpor compensavam a sua degustação. Se utilizada com frequência durante alguns anos, causa dependência e alucinações. Muitas pessoas acabam na sarjeta vendo coisas inexplicáveis provocadas pela substância.

A variante mais poderosa, porém, conhecida como a Sonhadora, doce e saborosa, é fornecida em festividades conduzidas pelos sacerdotes. Iniciados e nobres escolhidos a dedo pelo imperador podem bebê-la. Dizem os privilegiados que, ao consumir a bebida, conseguem viajar entre lugares, entre mundos, entre dimensões, e até mesmo encontrar os Antigos Deuses arquitetos do universo. Não raro, os mais fracos de espírito são lançados em uma espiral de loucura eterna pelo uso inadequado do composto. Por isso, os mestres dos sonhos precisam guiar os usuários com os seus conhecimentos do oculto.

Guízer acabara de completar vinte ciclos planetários em torno do sol e até o momento provara papoula em seu estado natural e em seu estado de poeira. Mastigara a planta no dia em que a mãe costurou o seu braço quando se ferira realizando a colheita. Assim que perdeu a consciência, deixou de sentir a dor penetrante que o assolava. No entanto, lembrava até hoje do dia em que acordara com tontura e náusea após mascar a flor.

Para recuperar os seus escravos, o senhor da fazenda permitia que papoula fosse ingerida quando se tratava de um grave acidente. Mas não era sempre, pois precisava que o indivíduo voltasse logo para o serviço. Quem fosse pego utilizando a flor para fins medicinais ou para burlar o trabalho levava chibatadas como castigo. Não admitia o desperdício de sua valiosa matéria-prima.

Já a poeira onírica, Guízer a utilizara algumas vezes. Sabia que o pai, de vez em quando, costumava trazer pequenas quantidades escondidas em um bolsinho imperceptível das calças. Se fosse descoberto por algum peão, o velho corria o risco de perder o nariz. Sim, era a primeira coisa que cortavam. Ele alertou o pai sobre isso; no entanto, o homem não lhe dava atenção quando se tratava de seu vício. Sempre que bebia a poeira, Guízer se sentia mais forte, uma coisa viva parecia correr em suas veias, o coração acelerava a ponto de estourar; mesmo assim se sentia confiante, capaz de salvar os seus entes queridos e seus amigos daquela vida miserável.

Em noites escuras de lua nova, Guízer saía da cabana e treinava sozinho. Executava os movimentos de luta que seu pai ensinara quando ainda tinha a vitalidade da juventude. Aprendera a se movimentar na escuridão como um gato. As sombras da noite o protegiam no único momento em que os peões no alto de suas torres de madeira não conseguiam enxergar a área central da comunidade. De mãos nuas ou com compridos bastões de madeira, sentia-se apto para derrubar até mesmo inimigos com espadas. Mas até aquele momento nunca brigara. O pai o aconselhava para que utilizasse sua força somente na hora certa, sem dar chance para erros. O velho sabia que Guízer queria fugir da fazenda. Mais cedo ou mais tarde isso ocorreria.

Contudo, Guízer não planejava escapar sozinho. Desejava levar a família. No entanto, salvar os mais próximos da tirania significava abandonar os outros. Convivia com esse dilema todos os dias. A melhor solução seria se rebelar contra o senhor da fazenda e os seus peões. O problema é que outras insurreições já tinham sido realizadas e o império sempre socorria os latifundiários e os seus malditos comparsas. A última tentativa acontecera havia mais de cinco ciclos solares e fora sufocada com a morte dos líderes. Seus corpos foram amarrados em troncos e eviscerados na frente de toda a comunidade. Quem chorou e quem gritou pelos mortos ficou preso durante dias sem comida, sem água e levando chibatadas. O horror de seus gritos era lembrado por todos, inclusive Guízer, que não deixou nem por um segundo de pensar em como poderia acabar com os opressores.

Eis que chegou o dia que precisou se decidir. Teve de fugir com o consentimento dos pais e abandonar a comunidade. Sua pequena irmã fora comprada por um agente da capital. A família não se conformava com a separação. A mãe chorava todas as noites e o pai parecia ainda mais deprimido do que o normal. A lembrança da menina sendo arrastada pelo comprador atormentava Guízer de maneira constante.

Foi em uma noite de lua nova que ele escalou o muro de troncos de madeira que encerrava a comunidade. Havia confeccionado uma escada de cipós com a ajuda de Serena, sua namorada. Jogou a ponta da corda trançada para o alto dos troncos em forma de lança. Na terceira tentativa, conseguiu com que ficasse presa. Subiu sem maiores dificuldades. Chegando ao topo, não teve onde se apoiar. As pontas dos troncos eram afiadas. Teve de passar para o outro lado sem recolher a escada. Pulou de uma altura de seis metros. Escolhera o ponto exato onde iria realizar a fuga. Caiu como um felino sobre um matagal espesso que amenizou a sua queda.

Já fazia algum tempo que não ocorriam fugas. Os peões não estavam realizando rondas constantes. Porém, no dia seguinte, quando o sol estava a pino, um deles viu a escada de cordas dependurada no muro e avisou os colegas. Os peões se mobilizaram para o início das buscas. Reuniram os escravos para contagem e interrogatório. Logo se descobriu quem havia escapado. Somente no final da tarde um grupo de peões saiu no encalço de Guízer, acompanhado de enormes cães farejadores. Passaram pelo interior da plantação de papoula e chegaram ao pântano. O escravo havia encarado no escuro a travessia daquele terreno perigoso. Os peões, mesmo com tochas, quase desistiram da busca para não se arriscar por lá durante a noite. Mas

seguiram em frente, sob as ordens do seu capitão, pois não podiam falhar com o senhor da fazenda, que costumava ser enérgico mesmo com os homens livres. Quando os sabujos chegaram diante de um profundo curso de um rio estreito, pararam a perseguição. Dava para ver nas margens pequeninos olhos que brilhavam à luz das tochas. Eram crocodilos, prontos para abocanhar alguma presa se estivessem com os estômagos vazios. Do outro lado da margem, o pântano continuava. Além dele se chegaria a uma vila de pescadores. Foi lá que Guízer conseguiu sua carta falsificada e um cavalo que o levou até a Cidade dos Sonhos. O fugitivo pagou pelo serviço e pelo animal com uma pedra preciosa de alto valor que um dia sua mãe roubara da esposa do fazendeiro. Ela trabalhava na cozinha da grande casa dos senhores quando teve a oportunidade. Por não admitir o furto, perdera as pontas das duas orelhas como castigo. Não cortaram os dedos ou uma de suas mãos, pois a esposa ficara em dúvida se não havia perdido a joia em uma de suas festas suntuosas. E como dizia o marido: "As mãos precisavam permanecer no lugar, sem elas a produção nunca é a mesma".

— Eu prefiro a glória. — A resposta de um dos colegas de cela de Guízer interrompeu suas lembranças de como havia chegado até aquele buraco.

— Assim é que eu gosto de ver. Finalmente alguém de coragem — disse o Treinador.

A masmorra, sem dúvida, era uma péssima decisão. Um a um, os que estavam aprisionados aceitaram participar do time do Treinador. Guízer também.

O homem abriu as grades para que eles saíssem.

— Sigam-me.

— Eu também vou — disse Aiomi, da outra cela.

— Antes me diga o nome de seu mestre. Se não disser, vai apodrecer na masmorra.

Aiomi se calou mais uma vez.

— Pensando bem, você não passa de uma menina franzina. Só vai atrapalhar.

— Tenho habilidades que nenhum de vocês tem. Eu posso ajudar.

— Esqueça — sentenciou Treinador, dando as costas para Aiomi.

Antes que o homem conduzisse o grupo para fora daquele lugar, foi surpreendido pela pantera. O animal pulou sobre os primeiros degraus da escadaria que levava para o andar superior e começou a rosnar de forma ameaçadora, obstruindo a passagem.

— Qual o problema, Maia? Ficou louca? — perguntou o Treinador, encarando-a. — Saia da frente — ordenou enquanto fazia um gesto com a mão.

O felino rosnou mais alto, mostrando os dentes afiados, e empertigou a coluna arrepiando os pelos.

— É comida que você quer? — O Treinador pegou um naco de carne que levava em uma bolsinha de couro amarrada à cintura. — Toma! — Jogou o pedaço sobre um dos degraus.

Maia não deu atenção. Mexeu o rabo e preparou o ataque.

O Treinador percebeu que perdera o controle sobre a fera. Devagar, começou a levantar o martelo para se defender.

— Você não precisa fazer isso, Treinador — disse Aiomi. — Senta, Maia.

A pantera relaxou os músculos, parou de mostrar os dentes e se acomodou ao lado do pedaço de carne.

O Treinador baixou o martelo e olhou para Aiomi.

— Você entrou na mente de Maia? — ele perguntou.

— Sou uma iniciada. Eu já disse que posso ser útil.

O homem pegou o molho de chaves e abriu a cela da garota.

— Não deixe que eu me arrependa. E não faça mais isso. Maia é minha.

Aiomi se juntou ao grupo. O Treinador passou pela pantera ignorando o animal. Era como se tivesse perdido o interesse pelo bicho. Sentiu-se traído. O felino abocanhou a carne e o seguiu. Um carce-

reiro abriu a porta de ferro que os encerrava, levando-os para outro nível do prédio.

O Treinador, antes que saíssem do complexo prisional, acorrentou os seus jogadores pelos tornozelos e pelos punhos. Poderiam andar soltos pela urbe somente quando ganhassem a confiança do seu proprietário. Apenas os lutadores mais velhos costumavam receber um indulto de liberdade.

Guízer saltara de uma gaiola para outra. Sentiu saudade de Serena e dos pais. Será que eles estavam bem? Tinha receio de que pudessem ser punidos pela sua fuga. Um dia ele regressaria para libertá-los. Mas antes precisava salvar a si mesmo, para que pudesse enfim procurar pela irmã. Começava a achar que nunca descobriria o paradeiro de Naiara. Em dois dias de capital, não sabia direito por onde começar sua investigação e sem querer se metera em um covil de rebeldes, perdendo a sua frágil condição de liberto.

Já nas vielas movimentadas, Guízer e os outros caminharam entre a população que os olhava com desdém. Apesar dos risos de menosprezo, perceberam que os transeuntes não se atreviam a fazer chacota com os jogadores novatos, pois eram guiados pelo renomado Treinador e a sua pantera. Depois de duas quadras, chegaram a uma propriedade.

Passaram por um portão com dois homens armados de alabardas, que cumprimentaram o Treinador de forma reverente. No pátio, homens e mulheres treinavam. Lutavam com lanças, espadas curtas e longas, martelos e machados. Vestiam armaduras leves de couro e utilizavam escudos. Seus movimentos eram rápidos, mas contidos, para evitar ferimentos graves. O sol marcava o meio-dia no céu azul e sem nuvens. Guízer percebeu a indiferença dos lutadores para com o novo grupo.

O Treinador os conduziu até a forja onde produziam as próprias armas para os jogos e chamou o ferreiro. Dentro da oficina estava quente. O fogo crepitava no forno.

— Maniwar, chegaram novatos.

O homem parou de amolar uma espada. Era velho, mas seus braços eram torneados de músculos.

— Preparados? — perguntou para os recém-chegados.

Nenhum deles compreendeu o significado daquela pergunta. Maniwar riu com a boca torta e de poucos dentes. Ele se aproximou do forno e pegou uma haste de ferro que continha, moldado em sua ponta, um selo.

— Quem é o primeiro?

— Você não pode fazer isso. Eu quero ver meu pai — choramingou o comerciante da família Nifalls.

O Treinador pegou o rapaz magrelo pelos cabelos e disse:

— Você agora faz parte do time. Já esqueceu?

O homem não esperou por resposta e torceu o braço direito dele até as costas.

— Sou eficiente e rápido — afirmou Maniwar, que levantou a manga curta da camisa e gravou o selo do time do Treinador no ombro. A pele queimou, exalando um cheiro de carne suada.

O comerciante gritou e, em seguida, foi solto pelo Treinador.

— Quem é o próximo? — perguntou o ferreiro.

— Eu — disse Aiomi.

— Corajosa — falou Maniwar. — Vou apostar em você quando estiver na arena.

Aiomi não gritou. Mas Guízer pôde ver a raiva em seus olhos castanhos e avermelhados. O fugitivo da fazenda de papoulas deu um passo à frente e foi o próximo a ser marcado. Esse era o segundo sinal que recebia. O primeiro fora gravado no ombro esquerdo quando ainda era criança. Não tinha idade para se lembrar, mas a mãe contou que ele chorara e tivera febre durante duas noites.

— Seu ombro esquerdo tem a marca de um engenho — disse Maniwar. — Você é um fujão?

Guízer, mesmo acorrentado, conseguiu colocar a mão no bolso das calças e seu coração disparou quando não encontrou o seu do-

cumento de identidade. Mesmo naquela nova situação de aprisionamento, não queria ser entregue ao senhor da fazenda.

— Está procurando por isso? — perguntou o Treinador enquanto lia o documento. — Seu nome é Bãtler?

— Sim — disse Guízer sem titubear. Aquele era o nome que o falsificador lhe dera ao confeccionar a identidade.

— Depois que você foi preso no covil dos rebeldes, esse documento não vale nada. — O Treinador rasgou o papel e jogou os pedaços para o alto.

Guízer rilhou os dentes, mas conteve o ímpeto de pular sobre o pescoço do Treinador.

— Eu comprei todos vocês de acordo com a lei do império. Vocês são meus agora. Assim como tudo que está dentro dos muros desta propriedade. E vão lutar na arena para entretenimento dos cidadãos da Cidade dos Sonhos. Com boa sorte, um dia vocês poderão ganhar minha confiança e ter uma vida de luxo. Até lá, respeitem minha posição e minhas ordens.

— Seguir as ordens do Treinador é a melhor opção — disse Maniwar.

— É a única opção — falou o Treinador. — Continue marcando esses novatos, ferreiro. Depois os encaminhe para o refeitório. Preciso de guerreiros fortalecidos o quanto antes. Em seguida diga para um dos pajens levá-los até o doutrinador. Eles precisam saber como funcionam as regras da casa.

O Treinador deixou a oficina. Maniwar fez como o mestre orientou e o grupo, depois de uma farta refeição, conheceu um homem idoso conhecido por ensinar modos de convivência na casa.

No dia seguinte, depois de uma noite de sono em uma cama razoavelmente macia, em um alojamento com um único quarto coletivo, os novatos acordaram com um toque de trombeta. Seguindo os passos dos mais experientes, tiveram a primeira palestra com o Treinador falando sobre como vencer um combate. Em seguida, treinaram no pátio, lutando contra outros jogadores. Pela primeira vez, Guízer empunhou uma espada curta, o gládio, uma das armas preferidas dos gladiadores. Notou que não seria fácil se adaptar, pois estava mais acostumado com bastões e, além do mais, pensava apenas em como fugir de lá. Sua desconcentração na luta permitiu que o colega de treinamento o acertasse mais de uma vez no peitoral de couro batido e causasse cortes leves em seus braços e pernas.

Quando Guízer olhava para o alto dos muros, sempre encontrava um arqueiro pronto para disparar uma flecha em quem tentasse escalá-lo. Sem dúvida, essa seria uma via de evasão bem arriscada. Precisava encontrar outra maneira de deixar aquela prisão. Não desistiria de encontrar outra vez a sua liberdade. Só ainda não sabia como.

2. Arena

Três dias se passaram desde que Guízer fora aprisionado. Trocara poucas palavras com outros gladiadores. Preferia observar e ouvir a tecer qualquer comentário. Não queria entregar seu passado de bandeja para curiosos. A pessoa que mais lhe chamava atenção do grupo de novatos era Aiomi. A menina também era calada e os seus olhos pareciam observar tudo atentamente. Guízer se aproximou algumas vezes dela e não conversaram mais do que trivialidades sobre o tempo e o gosto da comida que serviam no refeitório. Ele a estudava e ela fazia o mesmo. Não dava para confiar assim tão rápido em qualquer pessoa naquele antro. Os jogadores, fossem experientes ou novatos, pareciam prontos para denunciar qualquer um que tivesse intenções de fuga ou de rebelião para obter prestígio e favores do Treinador.

No quarto dia, trafegaram por um túnel subterrâneo que ligava a propriedade do Treinador à principal arena da Cidade dos Sonhos. Os novatos, com tão pouco tempo de treinamento, tinham grande

probabilidade de ser presa fácil. Mas, para o seu proprietário, o que mais importava naquele momento era completar o mínimo de jogadores para o combate. Além disso, um comparsa do Treinador tinha a orientação de apostar na morte dos seus gladiadores mais fracos. Até na derrota existia a possibilidade de se ter lucro.

Tochas eram acessas no trajeto por Lone, um dos homens de confiança do Treinador. Ele caminhava bem à frente do grupo. A expressão de seu olhar era como a de uma serpente pronta para o bote.

O Treinador, acompanhado de Maia — paramentada para o combate com um elmo sobre a cabeçorra e uma armadura que protegia seu lombo —, conduzia vinte e três jogadores em uma mescla de gladiadores experientes com os recém-comprados. Guízer ficou ao lado de Aiomi e perguntou para a garota:

— Quantos anos você tem?

— Qual o motivo da curiosidade? — ela devolveu sem encará-lo.

— Você não se acha muito nova para morrer?

— Eu não vou morrer. Você é que precisa se cuidar.

— Luto melhor com uma espada do que você.

— Percebi. Você mal sabe segurar o punho de um gládio. E, no meu caso, a espada é só pra desviar a atenção. Não preciso realmente dela. Tenho truques escondidos na manga. E você tem alguma coisa que possa salvá-lo além do fio de uma espada que não sabe usar? — Olhou para ele com ar de preocupação.

— Resiliência.

Os dois permaneceram calados no restante do trajeto, mas se mantiveram lado a lado, como se pudessem contar um com o outro. Chegaram diante de uma porta dupla que foi aberta por Lone. Naquele mesmo instante puderam escutar os gritos abafados de uma multidão. Entraram no vestiário do Treinador, que ficava um nível abaixo da arena.

Lone acendeu lampiões. O lugar era abafado, cheirava a sangue seco e suor. Possuía bancos e cadeiras espalhados, nos quais alguns jogadores se acomodaram. Nas paredes ficavam dependuradas armas e armaduras de segunda mão. Talvez fossem necessárias para reposição, pensou Guízer, já que todos vieram preparados para a luta.

Guízer vestia uma armadura completa de couro batido com corselete, saiote, braçadeiras, grevas e sandálias. Os outros novatos também, incluindo Aiomi. Os gladiadores experientes vestiam armaduras mais sofisticadas e resistentes. Outros tinham cotas de malha sobre o couro e alguns vestiam elmos. Integrantes do mesmo time tinham equipamentos diferentes.

Armeni, o comerciante da família Nifalls, caminhou pelo vestiário procurando por um equipamento melhor. Guízer e Aiomi não se deram a esse trabalho, apenas prospectaram com os olhos. Nenhum dos dois enxergou algo que pudesse substituir o que utilizavam naquele momento.

O Treinador foi até o centro da sala e começou o seu discurso de combate. Inflamou os gladiadores dizendo que eram os mais qualificados da Cidade dos Sonhos. Que os outros dois times que os confrontariam não eram capazes de vencê-los. Que eles possuíam os melhores armamentos. Nesse ponto o Treinador foi interrompido pela inexperiência de Armeni:

— Por que os mais velhos podem usar armaduras de metal e nós que chegamos agora usamos esse couro que nos dá pouca proteção?

— Por onde você andou todos esses anos, comerciante?

— Como assim? Eu sempre vivi na capital.

— Pois não parece. Você não sabe nada sobre os jogos?

— Nunca foi do meu interesse. Existem outras atividades na Cidade dos Sonhos.

— O doutrinador não falou para vocês sobre a história, nosso sistema e regras?

— Falou — disse um dos novatos que buscava a confiança do Treinador. — O idiota dormiu na palestra do doutrinador.

— Não. Eu não dormi — Armeni tentou se defender.

— Se eu ouvir mais um pio seu, mando Maia arrancar a sua cabeça. Vou repetir o que o doutrinador deve ter dito. Os campeões, maiores pontuadores dos jogos, recebem prêmios em dinheiro e podem gastar seus recursos em equipamentos. Entendeu? Eu mesmo gerencio as premiações. Mais alguma dúvida? — O Treinador parecia impaciente. — Vocês sabem quais são as regras para o jogo de hoje ou preciso repetir?

Os novatos ficaram calados.

Um gongo estridente soou do lado de fora do vestiário.

— Chegou a hora — disse o Treinador. — Vamos!

Lone abriu uma porta simples de madeira. Todos caminharam por um curto corredor de pedras escuras. O imediato, ajudado por um gladiador, levantou uma pesada trave de madeira de uma porta dupla de ferro. Quando a abriram, o Treinador passou por ela acompanhado de Maia. A multidão gritou ensandecida:

— Treinador, Treinador, Treinador!

O proprietário do time levantou um dos braços para acenar para a torcida, que retribuiu com mais aplausos. Uma pequena parte do público sobre uma entrada oposta vaiava sem que suas vozes pudessem atrapalhar o momento de exaltação ao Treinador. Pela primeira vez, Guízer contemplava o interior de uma arena. Se perguntassem o que tinha achado, diria que estava impressionado com a reação da multidão e a vibração sutil que causava em seu peito.

As sandálias de Guízer pisavam uma areia de tons amarelados e vermelhos. O formato da arena era oval. Paredes irregulares de oito metros de altura antecediam as arquibancadas. Havia uma mureta em toda a sua extensão. Existiam portas duplas em quatro pontos e mais quatro portões de ferro intercalados entre elas que guarneciam túneis escuros.

Por enquanto, somente a porta do time do Treinador estava aberta. Então, na outra extremidade, escancarou-se a porta pela qual entrou um dos times adversários. Depois foi aberta mais uma, revelando o terceiro e último time daquela tarde de combate. Todos tinham um técnico à sua frente e vinham compostos com o mesmo número de gladiadores novatos e experientes. Os jogadores novatos se distinguiam pelas armaduras de corselete de couro e os gládios que empunhavam. Os outros vestiam melhores equipamentos e suas armas podiam ser cortantes e de impacto. Nenhum dos jogadores empunhava armas de arremesso como lanças, alabardas ou arpões. Alguns carregavam redes, que não podiam ser utilizadas contra adversários de outros times; serviam apenas para capturar animais selvagens quando apareciam dos túneis.

No centro da arena, um buraco quadrado se abriu, revelando uma passagem secreta. De lá surgiu um homem sendo elevado em uma plataforma mecânica. Ele vestia um manto verde-escuro que escondia seus músculos e o restante de suas roupas; nas mãos usava manoplas e nos pés, pesadas botas de ferro. Em um cinto carregava uma espada longa de punho cravejado de pedras lunares. Sua altura chegava a dois metros e trinta. O rosto quadrado e a cabeça careca mostravam inúmeras cicatrizes. Já não era mais jovem; seu olhar profundo presenciara mais de cinquenta ciclos planetários em torno do sol.

— Quem é? — perguntou Guízer em um sussurro para Aiomi.

— É um dos maiores campeões da década em nossa cidade. Já faz alguns anos que foi promovido para o cargo de arauto dos jogos. Nunca perdeu um combate.

A plataforma chegou a três metros de altura, sustentada por uma estrutura de metal. Se antes a multidão gritava a plenos pulmões, agora se ouvia o vento tremulando as bandeirolas dispostas ao longo da borda superior do estádio. O arauto dos jogos começou seu discurso de abertura:

— Cidadãos da Cidade dos Sonhos, sejam bem-vindos!

Assim que o homem falou, outros arautos de menor importância repetiram suas palavras espalhados por cantos estratégicos. Os pre-

sentes deviam escutar as boas-vindas e as regras daquela sessão de jogos proferidas pelo ex-campeão.

— Hoje temos três times na mais prestigiada e imponente arena do império. Dois deles são da capital e o outro, visitante de Karmalis. — O homem fez uma pausa para que os outros pudessem repetir o que dizia. — Teremos apenas um combate no dia de hoje. Um combate especial. Tenham certeza! — A plateia se conteve para não aplaudir; ainda não era o momento para ovacionar o arauto dos jogos. — Como primeira regra, os técnicos de cada time foram avisados previamente: jogadores experientes podem atacar apenas jogadores experientes. Novatos lutam contra novatos. O time que desrespeitar essa premissa será desclassificado. — Ele realizou mais uma parada. — Segunda regra: jogadores inconscientes ou caídos que peçam clemência levantando a mão e mostrando a palma para o inimigo deverão ser poupados. Caso a clemência não seja dada, o jogador que executou o adversário poderá ser apenado com a morte, de acordo com decisão dos nossos juízes.

— Tenha cuidado. Muitas vezes não dá tempo de pedir clemência — disse Aiomi bem baixinho, somente para Guízer ouvir. — E, dependendo dos juízes, se o pedido não foi claro o suficiente o infrator não é punido.

O campeão veterano continuou:

— Essas são as regras básicas. Seguidas em quase todos os jogos. Como serão marcados os pontos nesta tarde magnífica? O imperador sugeriu uma surpresa.

Ouviram-se murmúrios entre a plateia e até mesmo entre os gladiadores. Nenhum dos técnicos esperava por imprevistos. Quando os times eram convocados pelos organizadores dos jogos para o combate sabiam de antemão todas as regras que seriam utilizadas.

Foi então que no balcão dos nobres despontou o imperador vestindo sua inconfundível túnica amarela. Ao lado dele caminhava a esposa em um esvoaçante vestido carmesim. Pálidos como criaturas que não se relacionavam com o sol, davam a impressão de frieza. Os dois sentaram-se em confortáveis almofadas em tronos de ouro. Os nobres que estavam no balcão se curvaram em respeito. O povo nas arquibancadas também. Em seguida a multidão gritou em uníssono:

— Vida longa e belos sonhos ao imperador. Vida longa e belos sonhos ao imperador. Viva o imperador. Viva.

O imperador e a imperatriz preferiam os seus amplos aposentos do palácio. Não costumavam abandonar suas dependências a não ser que fosse por algo muito importante. A surpresa mencionada pelo arauto dos jogos devia ser um verdadeiro atrativo. O líder fez um sinal para que o porta-voz continuasse.

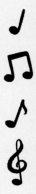

— Já faz alguns anos que ela não põe seus pés neste campo. Estava adormecida gerando uma numerosa prole. Ela foi dopada para diminuir seus movimentos. Mas os seus filhotes são ágeis e letais. Quem é ela?

Dois segundos foram suficientes para um cidadão responder com toda a força de seus pulmões:

— Aracne!

Outro gritou o mesmo nome e outros mais gritaram em conjunto. As arquibancadas estremeceram.

— Não esperava por isso — disse o Treinador, com evidente preocupação, para o seu time.

Aiomi pegou a mão de Guízer.

— Se quiser sobreviver fique perto de mim.

— Quem é Aracne?

— Você vai ver. Tente não se intimidar. Sentir medo não vai ajudar.

Mesmo sendo final de tarde e o pôr do sol contribuindo para um céu rosado, tochas foram acesas ao longo das paredes da arena.

— Por que estão acendendo as tochas? Ainda é cedo — disse Guízer.

— O fogo afasta e impede que as aranhas fujam da arena.

O arauto fez um sinal para que a plateia silenciasse.

— Aracne é invencível. Sua carapaça é dura como rocha. Suas pernas, tão fortes como troncos maciços de árvores centenárias. Acertá-la não gera nenhum ponto. Derrubar adversários de outro time, deixando-os inconscientes, continua valendo um ponto. Mas o objetivo principal de vocês é matar os filhotes. Quando trezentos deles forem eliminados a partida será encerrada. Serviçais dos jogos entrarão na arena e vão empurrar com tochas banhadas em ervas aromáticas Aracne e a prole sobrevivente para o mesmo túnel de onde vieram. Cada filhote executado valerá três pontos. Em caso de empate, ganha o time que tiver o gladiador com a melhor pontuação. Aracne, por sua vez, vence se todos os jogadores conscientes pedirem clemência na direção do balcão do imperador. Não me façam passar essa vergonha!

Gargalhadas irromperam entre a plateia. Guízer sabia que cada time contava com vinte e três integrantes, mais o técnico e a sua mascote. Cada um precisava matar uma média de quatro filhotes para acabar o combate. Se ao menos soubesse como eram esse filhotes, poderia avaliar se seria uma tarefa fácil ou difícil.

— Cidadãos, façam as suas apostas! Como sempre, eu vou apostar nos gladiadores. O jogo vai iniciar — sentenciou o arauto.

A multidão bateu palmas e ovacionou o ex-campeão. Funcionários da arena começaram a circular entre as pessoas anotando e recolhendo as apostas. Os cidadãos podiam apostar na criatura, nos times ou então nos jogadores. Algumas pessoas também apostavam entre si. Quem não cumprisse com o compromisso de pagar as apostas costumava ser castigado severamente pela lei.

Enquanto as pessoas decidiam onde investir suas moedas com o semblante gravado do imperador, a plataforma do arauto descia para o interior da terra. Depois que o fundo falso foi fechado por um mecanismo, um homem no ponto mais alto da arena bateu com um martelo de madeira em um gongo gigantesco.

— Vai iniciar — disse o Treinador para o seu time. — Se posicionem como eu mencionei.

Os gladiadores experientes se colocaram em uma linha de frente, os novatos atrás e o Treinador atrás de todos com Maia. Os técnicos de cada time tinham o direito de bater em jogadores adversários, mas somente outro técnico podia golpear um técnico. Sendo assim, gladiadores podiam apenas se defender de suas investidas. Técnicos, em geral, eram domadores e entravam com suas feras na arena. Um dos adversários do time do Treinador trouxera consigo um crocodilo e o outro, um enorme abutre-rei. Feras atacavam e podiam ser atacadas por qualquer um. Elas costumavam ficar ao lado dos técnicos para protegê-los. Uma fera abatida valia cinco pontos para o matador. Isso incentivava a aproximação dos adversários. Um técnico inconsciente ou morto dava a vitória para a equipe que conseguisse esse feito. Diziam as línguas afiadas da cidade que os técnicos costumavam se encontrar em locais secretos para firmar acordos de não agressão; dessa maneira, se perpetuavam como líderes de seus times e proprietários das estruturas de treino.

Técnicos se tornavam domadores quando aprendiam noções básicas de hipnotismo para controlar seus animais. Para que isso acontecesse, recebiam instruções de um mestre dos sonhos. Porém, nunca eram ensinados a obter o mesmo resultado com pessoas. Controle da mente humana e telepatia entre humanos era uma exclusividade dos sacerdotes oníricos, grau mais elevado dos mestres dos sonhos e uma raridade entre eles. Diziam que o vizir Baomé, conselheiro mais próximo do imperador, tinha a capacidade de ler com clareza pensamentos. Além disso, podia induzir indivíduos de pouca força de vontade a cometer atos criminosos que incluíam até mesmo o suicídio. Pouco se sabia sobre o misterioso homem.

Mais uma batida do martelo no gongo foi dada. O maior dos gradis de ferro começou a ser içado. Lone, que não era um gladiador, se afastou do grupo. Ele subiu uma escada de madeira para se po-

sicionar em uma torre do mesmo material que ficava a dois metros do chão, posicionada junto à parede, próxima da porta por onde o seu time havia entrado. De lá, o imediato observaria todo o combate para anotar em um livro as pontuações do jogo. Quando a contenda terminasse, podia comparar com os resultados divulgados pelos juízes que se sentavam na tribuna de honra com os nobres e o imperador. Caso houvesse alguma discrepância nos números anunciados, tinha o direito de solicitar uma revisão. Poucas vezes fizera isso, pois o imediato que tentasse enganar os juízes mostrando estatísticas falsas perdia a mão logo em seguida, ainda na presença do público.

Pelo portão, os jogadores e o público viram um bando de cães magros e sarnentos correndo para o centro da arena.

— Um chamariz — disse o Treinador. — Mantenham as suas posições.

Ocorreu um minuto de silêncio que pareceu eterno. A tensão enrijecia os corpos dos jogadores e suspendia a respiração do público. Então surgiram as primeiras aranhas. Seus corpos eram um pouco maiores do que os dos cachorros. Os filhotes tinham somente seis pernas finas com patas em forma de pinça como as dos caranguejos. Os abdomens pareciam resistentes carapaças de jabutis. O cefalotórax de cada uma delas era protegido por uma pelagem espessa. E as cabeças triangulares apresentavam seis olhos e uma boca com dentes afiados.

O técnico do time do crocodilo gritou uma palavra de ordem. Os seus gladiadores experientes avançaram contra as aranhas mais próximas procurando acertar suas cabeças. A multidão berrou excitada. Finalmente o combate iniciara.

Um cão sarnento fugindo dos predadores correu na direção do time do Treinador. Atrás dele vinham duas aranhas. Elas se movimentavam rápido. Uma deu um pulo de três metros de distância, alcançando a presa com seus dentes. Um dos maiores pontuadores do Treinador não perdeu tempo e, chegando próximo da criatura de seis patas, acertou com seu machado entre os olhos da coisa. Sangue verde espirrou e suas pernas se contraíram em espasmos. Talvez não fossem assim tão fortes como seu aspecto horrível representava, pensou Guízer, tentando controlar o nervosismo da estreia no estádio. A ação do gladiador fez com que outros jogadores experientes fossem em direção dos aracnídeos.

— Vem — disse Aiomi para Guízer. A garota se posicionou atrás de um dos maiores gladiadores do time do Treinador. Ele serviria de barreira, já que foram proibidos de carregar qualquer tipo de escudo para o combate.

Sem questionar, Guízer seguiu a orientação de Aiomi.

Mais aranhas entravam na arena, infestando-a. Para sobreviver, os três times teriam de lutar juntos. Não havia tempo para combater entre si. Contudo, Guízer enxergou um integrante da equipe do crocodilo acertar com um martelo de guerra a cabeça de uma jogadora adversária. A mulher caiu inconsciente. Seus colegas não puderam ajudar, pois já estavam lidando com as aranhas que os atacavam.

— Cuidado — gritou Aiomi.

Guízer ainda estava impactado pela velocidade do combate. Ao seu lado, uma aranha se aprontava para dar o bote. Por instinto, Guízer realizou um movimento em linha reta, da direita para a esquerda, e com o gládio decepou uma das pernas da criatura. Depois fez outro movimento, agora de baixo para cima, acertando o queixo e quebrando os dentes da coisa. A adrenalina disparou o seu coração. Aiomi deu um pulo e cravou a espada na cabeça do monstro.

As aranhas se aglomeraram em um grupo de seis, mostrando certa inteligência, e atacaram um novato que se desgarrara do time do Treinador. As criaturas derrubaram o homem que, sem chance de defesa, começou a ser devorado. Guízer chegou a se movimentar para ajudá-lo, mas Aiomi o segurou pelo braço e disse:

— Aquele entregaria qualquer um de nós por uma garrafa de Ilusão. Lembra que ele disse que o Armeni dormiu em uma das pales-

tras do doutrinador? Mesmo que fosse verdade, ele não devia jogar alguém que está no mesmo barco para os tubarões.

Guízer não teve tempo de responder. Empurrou Aiomi para o lado antes que ela fosse pega por uma das patas de alicate de uma aranha. Enfiou a ponta de seu gládio entre os olhos da monstruosidade, que estremeceu antes de morrer.

Ouviram-se mais gritos ensandecidos da plateia. Guízer imaginou que estava sendo aplaudido por abater uma das criaturas, mas quando olhou em direção do túnel aberto entendeu por que toda a vibração, admiração e medo. Lentamente Aracne surgiu se esgueirando para dentro da arena. Uma de suas enormes patas dianteiras apanhou com precisão um cão que ainda não fora pego.

Era uma aranha gigantesca com oito pernas cabeludas. Não fosse pelas tochas que a desencorajavam ao longo das beiradas das paredes, poderia escapar com facilidade da arena. Devia medir entre seis e sete metros de altura. Parecia com as suas crias, porém tinha dezenas de olhos na cabeça e dentes que pingavam uma saliva verde da bocarra guarnecida por quelíceras em forma de unhas. No final do abdômen, diferente da prole, apresentava uma evidente fiandeira capaz de produzir teia. Em seu exoesqueleto repousavam mais e mais filhotes. Era impossível saber quantos. Eles se amontoavam sobre a mãe. Se os juízes dissessem que ali se aglomeravam mil filhotes, qualquer um acreditaria. O sangue de Guízer, assim como o de outros combatentes, gelou nas veias.

Os filhotes começaram a pular do abdômen da genitora. Procuravam por vítimas. Queriam se alimentar. O time do abutre-rei estava mais próximo de Aracne quando ela entrou. Eles foram atacados sem misericórdia. Os experientes do grupo foram divididos durante uma luta ferrenha pela sobrevivência. Assim se abriu um espaço pelo qual passaram quatro aranhas, as quais chegaram até o técnico do time. Ele empunhava um machado duplo e acertava tudo o que via pela frente. A ave de rapina, gigante para os padrões naturais, atacava com garras e bicadas os aracnídeos. Os novatos foram esmagados, sem chance de resistir às pinças e aos dentes vorazes.

No outro time, o crocodilo abocanhava aranhas como se estivesse acostumado com aquele tipo de refeição. O veneno que tentavam inocular no réptil não atravessava sua pele dura e resistente. O seu técnico utilizava uma foice para cortar pernas e cabeças. Os dois pareciam uma mesma máquina de matar, atuando com plena conexão e confiança.

O Treinador sacou uma espada curta com a mão esquerda para cortar os inimigos. Com a mão direita martelava as cabeças dos aracnídeos. Maia escapulia dos botes e acertava suas garras nos olhos das criaturas, deixando-as mais debilitadas para os golpes do seu domador.

Três filhotes se aproximaram de Guízer e Aiomi. A garota levantou a mão esquerda em um gesto de pare para uma das criaturas. Os cinco olhos do animal lacrimejaram em contato com o olhar penetrante da iniciada. A mesma criatura que parecia prestes a atacar se voltou contra as irmãs. Atacou a própria espécie. O bando se engalfinhou e rolou pelo chão da arena entrelaçando pernas, dentes e pinças. Guízer viu sangue escorrer de uma das narinas de Aiomi.

— Você está bem? — ele perguntou.

— Estou. E, antes que faça mais perguntas, fui eu que provoquei a briga entre elas. Não temos tempo para conversar. Veja. Mais duas estão chegando.

Uma das aranhas investiu tentando picotar Guízer com o seu alicate natural. Ele desviou com agilidade e cravou o gládio na boca gosmenta. Porém, quando tentou arrancar a espada, não conseguiu. A arma ficara presa. Outro filhote pulou sobre Guízer, derrubando-o. Os dentes sedentos quase encontraram o seu pescoço. Contudo, o fugitivo da fazenda de papoulas havia trabalhado duro durante toda a vida. Seus músculos eram torneados e resistentes. As mãos calejadas impediram que fosse atingido. A mão esquerda abaixo da boca

peluda afastava a mordida e a mão direita segurava parte da cabeça. Com as pernas conseguiu empurrar o monstro para longe de si. Mas a aranha ainda não estava derrotada. Aiomi jogou a própria espada para Guízer, que a pegou ainda no ar. A criatura se aprontou após o golpe e pulou sobre o humano. Seu abdômen encontrou a espada, fazendo com que suas vísceras fedorentas se espalhassem.

Aiomi ajudou Guízer a sair debaixo do animal. As aranhas agora pareciam ganhar terreno, enquanto os gladiadores começavam a perder a batalha. A dupla viu um filhote pegar com um pulo, em pleno ar, o abutre-rei do treinador do time adversário. O homem, consternado com a morte da sua mascote, foi rodeado por aranhas e não conseguiu sobreviver ao ataque mesmo se esforçando ao máximo para acertá-las com o seu grande machado de guerra.

O time do Treinador parecia com as forças exauridas. Dos novatos, além de Guízer e Aiomi, somente Armeni continuava vivo, protegendo-se atrás de Maia. O público vibrou ao presenciar o técnico domador do crocodilo investir contra Aracne. Ele acertou a criatura com a foice em uma de suas pernas. Talvez estivesse desesperado, pois seu time começara a perder gladiadores como se fossem moscas. Sangue escorreu revelando um ferimento, mas que não era profundo o suficiente para abalar a coisa. Naquele momento, o monstro utilizou de uma arma natural. Virou o abdômen na direção do agressor e lançou de sua fiandeira teias de seda que o prenderam como um inseto pronto para ser devorado. Logo restaria em pé na arena somente a prole da aranha.

— Precisamos fazer alguma coisa. Do contrário vamos morrer! — disse Guízer.

O fugitivo e novo gladiador, sem esperar qualquer observação da companheira de time, correu com um único alvo em sua mira. Desviou de uma aranha que tentou atingi-lo com as pinças cortantes e, então, lançou o gládio, de maneira que rodopiasse na vertical. A arma, como se fosse um bumerangue, acertou em cheio o órgão que produzia a teia, cortando-o. Pelo buraco da fiandeira escorreram imediatamente litros de sangue e quilos de teia. Aracne guinchou de dor e quatro de suas pernas traseiras foram ao chão. As outras aranhas pareceram desorientadas, como se pudessem sentir o sofrimento da mãe. O público gritou como se não acreditasse no que estava acontecendo. O imperador e a imperatriz levantaram atônitos de suas cadeiras. Aproveitando a desorientação das aranhas, até Armeni acertou uma delas na cabeça.

Nesse instante, Lone gritou o mais alto que pôde:

— Trezentos filhotes! Trezentos!

Os imediatos dos outros times também começaram a gritar "Trezentos" e foram acompanhados pelo público. Uma porta de ferro não demorou em se abrir. Uma grande quantidade de funcionários da arena entrou em campo e começou a acender tochas com cheiro de ervas estranhas. Com elas foram cercando as aranhas sobreviventes. Aracne se arrastou com a sua prole para o mesmo túnel de onde havia surgido. O gradil de ferro foi fechado, encerrando a monstruosidade e os seus filhotes. O espetáculo terminara.

Jogadores experientes do time do Treinador levantaram Guízer nos braços, sem que ele conseguisse evitar, e a plateia o aplaudiu. Nunca outro gladiador havia ferido Aracne daquela maneira. O imperador e a imperatriz se retiraram. Após alguns minutos, o fundo falso do centro da arena se retraiu para que surgisse mais uma vez o arauto dos jogos.

O ex-campeão divulgou os números dos juízes e os vencedores daquele combate.

3. Uma decisão importante

No dia seguinte ao grande evento da arena, antes que Guízer e Aiomi pudessem almoçar, foram interceptados por Lone. O imediato

disse que o Treinador queria vê-los em sua sala de reuniões. A dupla seguiu o lacaio do técnico. Ele abriu a porta e indicou que entrassem. Aiomi entrou antes de Guízer. Os dois chegaram a uma sala repleta de tapetes, uma grande mesa de reuniões com cadeiras confortáveis e uma rica cortina amarela que fazia divisa com uma sacada. Maia se levantou de uma almofada e se aproximou da garota. Aiomi fez um carinho na cabeça da pantera e sorriu quando viu Yzzo, o seu respeitado mestre dos sonhos, em pé ao lado da cortina. Na cabeceira da mesa, o Treinador emborcou uma caneca de Ilusão. Em frente a ele, um saco de couro que parecia cheio.

— Vocês dois são propriedade desse mestre. Ele os comprou. Não me pertencem mais.

O Treinador parecia irritado, mas, ao bater na sacola de moedas e escutar o tilintar que produzia, tentava se convencer de que tinha recebido um bom valor pelos dois.

— Foi bom negociar com você, Gertz — disse Yzzo, sem mostrar os dentes e revelando o verdadeiro nome do Treinador.

Yzzo era alto. Os cabelos compridos, escorridos e negros ultrapassavam os ombros. Vestia um manto roxo de mangas largas. Não era possível ver mais do que os seus longos dedos repletos de anéis de caveiras. Empunhava um cajado, com uma pedra estelar em seu centro, para ajudá-lo a se locomover. A perna esquerda era menor que a direita. Seus olhos eram antigos e emoldurados por rugas. A boca branca combinava com a pele pálida e esticada.

— Vamos — o mestre dos sonhos disse para Aiomi e Guízer.

Aiomi percebeu que Guízer diria alguma coisa, então falou antes que ele pudesse se pronunciar.

— Mestre! Posso levar Maia? Ela quer ir conosco. — A garota continuou acariciando a pantera.

O Treinador levantou da cadeira, derrubando-a.

— O que você está pensando, fedelha? Aqui é a minha casa. Você não tem o direito de pedir isso.

— Quanto custa? — o mestre dos sonhos perguntou, encarando o Treinador.

— Ela não está à venda.

A pantera rosnou para o Treinador.

— Acho que ela não quer mais a sua companhia. É melhor vender, Gertz.

O Treinador deu um tabefe no copo de Ilusão, que voou na parede.

— Leve essa ingrata. Deixe uma dúzia de garrafas de Sonhadoras em minha adega.

— Ela não quer mais permanecer aqui. Enviarei uma garrafa amanhã. Tenha bons sonhos. Que os Antigos o protejam — decretou Yzzo.

O Treinador, indignado, se calou. O mestre saiu da sala acompanhado por Aiomi, Guízer e Maia. Eles deixaram a propriedade sem conversar e começaram a caminhar pelas ruas da Cidade dos Sonhos.

Guízer não se sentiu ameaçado por Yzzo. Poderia ter fugido ali mesmo. Mas ainda não entendia por que tinha sido comprado pelo mestre de Aiomi.

— Eu não vou ser seu escravo — arriscou Guízer, caminhando ao lado de Yzzo.

— Não exploro escravos. Eu pago pelo trabalho de homens livres. Se quiser ir embora, pode ir. Mas, se ficar, eu tenho uma proposta para você. Aiomi vai precisar de companhia para realizar um serviço. E, depois que vi vocês juntos na arena, achei que você é um sujeito capaz de ajudá-la.

— O que temos de fazer, mestre? — perguntou Aiomi, empolgada.

— Não tenho interesse no seu serviço — disse Guízer. — Quero minha liberdade e encontrar minha irmã.

— Ela está na Cidade dos Sonhos? — quis saber Yzzo.

— Está.

— Eu tenho muitos olhos espalhados pela capital. Se quiser meu auxílio, basta me acompanhar. Uma mão lava a outra.

Yzzo continuou tranquilo e com seu caminhar capenga. Aiomi foi ao seu lado e fez um gesto para que Guízer os seguisse. As ruas estavam apinhadas de gente, mas ninguém se aproximava de Maia.

Guízer não queria ficar trocando de gaiola de tempos em tempos. No entanto, mesmo desconfiado, achou que o mestre dos sonhos era a sua melhor opção naquele momento. Ao menos já começava a confiar em Aiomi, e pela irmã arriscaria a sua liberdade. Decidiu acompanhar o estranho sujeito sem saber qual o preço que teria de pagar.

In: Multiverso Pulp vol.1: Espada e feitiçaria. Porto Alegre: AVEC Editora, 2020, p. 145-174.

O MONGE MENESTREL

Karin foi surpreendido por uma batida fora de hora na porta de seu quarto. Teve de interromper a melodia de sua flauta. Todo o entardecer ele praticava. Contrariado, o monge atendeu. Do outro lado, um novato aguardava impaciente.

— No que posso ajudar, irmão? — Karin perguntou.

— Irmão, temos um problema! Você precisa me acompanhar agora — disse o indivíduo.

— O que aconteceu?

— O abade contará. Venha!

Karin não media esforços para agradar o velho abade, que considerava um verdadeiro pai. O menestrel encostou a porta e seguiu o jovem. Guardou a flauta dentro da túnica.

Desceram até o andar térreo, penetrando em uma capela, e continuaram por escadarias que levavam às catacumbas no subsolo do templo. Ao longo das paredes, algumas tochas já estavam acesas, iluminando precariamente o caminho.

Talvez fosse apenas seu sexto sentido ou quem sabe algo ligado às suas experiências profanas, não sabia dizer, mas Karin achou que algo estranho ocorria. Receoso, contudo, seguiu em frente.

Os dois chegaram a um salão amplo e guarnecido por paredes repletas de tumbas. Um grupo de monges em túnicas brancas os aguardava.

— O que está acontecendo? — perguntou Karin, encarando o grupo. — Quem são vocês? Onde está o abade?

— Aqui somos nós quem fazemos as perguntas. Veja isso! — disse um dos homens, apontando para um dos vãos das paredes em que repousava um caixão. A tampa estava aberta. Não havia nenhum corpo lá dentro. — Parece que temos um ladrão de corpos no monastério.

— Isso é horrível! Alguém comunicou o abade?

— Ele já sabe desse e de outros crimes. No entanto, precisa de nós para descobrir quem é o culpado. Por que você violou o túmulo, Karin? — perguntou o inquisidor.

— Do que você está falando? Eu não sei de nada. Quem é você para me acusar?

— Não será por falta de apresentação que você escapará. Meu nome é Rufius Léon. Estou aqui para executar o infrator. E você é meu único suspeito.

— Está louco! Completamente enganado. Eu não cometeria esse sacrilégio — desesperou-se Karin.

— Descobri que você costumava realizar incursões de madrugada na biblioteca. E por lá andou revirando alguns papéis confidenciais. Apenas ordens superiores estão autorizadas a manusear esses manuscritos.

Karin ficou calado; isso era verdade, ele sabia coisas que nenhum irmão naquele monastério conhecia. Talvez apenas o abade tivesse ciência daquelas fórmulas que ele havia aprendido em antigos pergaminhos persas, guardados com tanto zelo. Porém, suas pesquisas não estavam relacionadas a corpos mortos.

— Peguem o herege! — ordenou Rufius Léon.

Quatro homens dominaram Karin, surrando-o com bastões. O monge se jogou no chão, tentando defender a cabeça das pancadas.

— Somente o fogo purifica — disse Léon ao parecer satisfeito com as agressões.

Depois dessa frase, um dos homens de manto branco pegou da parede uma tocha e ateou fogo nas costas de Karin. O flautista gritou enquanto rolava para apagar as chamas. Quando elas se desfizeram, seu rosto estava desfigurado. O manto queimado se confundia com a pele destruída. Seu gemido de dor era um lamento quase inaudível.

Sob as ordens de Léon, dois de seus subordinados arrastaram Karin por um túnel. Em seguida, saíram pelos fundos do monastério, por uma porta oculta que levava direto à floresta. Cavalos aguardavam escondidos entre as árvores. Colocaram Karin sobre a cela de um deles e o amarraram. Então, montaram em seus próprios animais e se embrenharam na mata.

Já era noite alta quando os dois homens avistaram o rio. A lua minguante não fornecia muita luminosidade. Apearam dos cavalos e desamarram Karin, jogando-o na margem enlameada daquelas águas frias. Durante o caminho, o monge permanecera em um estado de semiconsciência, ardendo em febre.

Antes que seus executores pudessem arrastá-lo para dentro do rio, escutaram um som estranho movimentando os galhos de uma árvore próxima.

Até mesmo o moribundo Karin ouviu o rugido de uma fera e os gritos de seus algozes. Contudo, não conseguiu se mexer, nem mesmo abrir direito as pálpebras. Tudo o que viu antes de desmaiar foram olhos de fogo na escuridão e garras indescritíveis dilacerando seus inimigos.

Um manto de trevas tomou conta da mente febril de Karin. Durante dias teve pesadelos intercalados por um intenso vazio. Muitas vezes viu diante de si o rosto de Rufius Léon e aqueles olhos enfurecidos no meio da floresta. Também enxergou em seus delírios a face simpática de uma idosa. As mãos encarquilhadas da mulher tratavam de seus ferimentos com folhas e ervas aromáticas.

Certo dia, Karin recuperou a consciência. Seus olhos encararam um teto de palha. Virou o rosto e enxergou o restante de uma pequena cabana feita de barro e madeira. Em um dos troncos que compunham a parede viu roupas penduradas. Havia uma cadeira ao lado

da cama em que repousava, além de uma jarra de barro e uma tigela de sopa fria sobre uma mesinha de canto. O monge sentou com dificuldade no colchão. Tudo ainda doía.

Ele estava nu, exceto por faixas de pano que cobriam grande parte do seu corpo. Karin tirou devagar uma gaze que escondia a mão esquerda. A pele estava enrugada. Lembrou-se do fogo e das queimaduras. Passou os dedos pelo rosto e percebeu que agora tinha uma barba espessa. Vasculhando melhor, entendeu que o fogo não poupara sua face. Conteve a raiva, o choro e o desespero. Tirou o pano da outra mão e constatou o mesmo aspecto terrível. Ao menos os ferimentos pareciam curados e não estava mais com febre. Perguntou-se quanto tempo ficara naquele lugar e quem o teria cuidado.

Foi surpreendido por algo pulando no colchão de penas: um felino de olhar curioso. O animal se aproximou da mão de Karin e a lambeu enquanto ronronava. Em retribuição, o menestrel acariciou a cabeça do bichano, cujos pelos se eriçaram. Na luminosidade que entrava pelas frestas da única janela da habitação, a pelagem do gato parecia azul. Karin nunca vira um felino como aquele. Devia ser raro na natureza.

— Quem é você, camarada? — perguntou, sentindo a voz em sua garganta depois de um longo tempo sem falar.

O gato encarou o homem e passou a cabecinha na mão dele, em um claro gesto de que desejava mais carinho. O menestrel não negou o pedido, o qual aqueceu seu coração. Karin pegou o prato de sopa fria ao seu alcance e dividiu com o felino. Após, sentiu forças suficientes para levantar.

Verificou o local onde estavam as roupas. Além delas, encontrou um cinto acompanhado de um punhal. As vestimentas cabiam bem em seu corpo, tanto as calças e a camisa de algodão quanto os sapatos, o corselete de couro e a capa de linho com capuz.

Quando Karin se aproximou da porta, viu sua flauta encostada em pé na parede. Estava chamuscada e levemente retorcida. Ao observá-la mais de perto, enxergou símbolos desenhados ao longo da madeira. E o bocal tinha agora uma ponta de metal. Intrigado, Karin a experimentou. A melodia saiu limpa, bem audível e com um timbre especial.

— Escutou isso? — Karin perguntou entusiasmado ao gato, que pulou da cama para se esfregar nos tornozelos do novo amigo.

O menestrel abriu a porta e viu que estava isolado no meio da floresta.

— E agora, camarada?

O gato lambeu a pata como se não desse atenção para a dúvida do menestrel.

Karin decidiu guardar a flauta em um bolso interno e encontrou um bilhete, que leu em voz alta:

— "Tive de sair para um compromisso inadiável. Você está livre para seguir o seu caminho quando acordar. Mas, se quiser retribuir minha ajuda, procure por Grimming em Natuzaq. Apenas diga que eu o enviei. Siga Sombra Azul. Ele lhe mostrará o caminho. Gaiah."

O gato miou, olhando para Karin; caminhou alguns metros e, como o monge não o seguiu, miou de novo, encarando-o.

— Você é Sombra Azul?

Sombra Azul, dessa vez, miou em tom de reclamação e foi em frente, embrenhando-se entre as árvores. Karin o acompanhou sem saber aonde estava indo. Mesmo sem destino certo, ao menos continuava vivo.

Um sentimento de vingança começou a crescer como erva daninha em seu peito. Lembrava-se com nitidez da face de pele branca, da barba cinzenta e dos olhos azuis do chefe inquisidor que tentara matá-lo. Assim que pudesse, procuraria por Rufius Léon e os seus capangas.

In: Planeta Fantástico vol.2. Porto Alegre: Metamorfose Editora, 2020, p. 131-135.

O OLHO DE TULLGING

Tull os convidou para uma conversa em seu sobrado. Quando os três indivíduos chegaram, os cumprimentou sem muito entusiasmo. Entre uma frase e outra, com evidente preguiça, tragava a fumaça fétida de um charuto. De vez em quando tossia com intensidade exagerada.

Rãnns e Góthãn conheciam havia pouco tempo o asqueroso homem-javali. Os gigantes não confiavam totalmente no sujeito. Os grandes dentes que lhe saltavam da boca não permitiam que as palavras saíssem com perfeição, o que atrapalhava a comunicação entre eles. Sulth também não o entendia muito bem. Ela era uma yōsei vinda das terras do leste e procurava maneiras de arranjar dinheiro fácil. Considerava-se uma espiã experiente, por isso aceitaria qualquer proposta do porco civilizado. Já fazia alguns meses que ela conhecia os dois gigantes e com a dupla cometera alguns crimes.

— Gigamir é uma cidade próspera para os negócios. — Tull tragou mais um pouco de fumaça. — E, para que meus negócios continuem prósperos, necessito que façam algo pra mim.

— Qual é o serviço? — perguntou Sulth.

— Pagarei bem pelo trabalho. Basta trazerem a cabeça do meu primo, Tullging. — O homem-javali apagou o charuto em um cinzeiro de vidro. — Ofereço mil peças de ouro!

— Coloque as moedas aqui — disse Rãnns, abrindo uma bolsa de couro.

— Tenha calma. — Góthãn segurou firme o pulso do comparsa. — Onde encontramos esse tal de... Como é mesmo que ele se chama?

— Tullging — falou a yōsei de pequenas orelhas pontiagudas.

As pernas miúdas de Tull tiveram grande dificuldade em levantar o enorme e obeso corpanzil da confortável poltrona. O suor fedorento do homem-javali se espalhou pelo cômodo. Os gigantes não se importavam muito com a fedentina, mas Sulth, sem esconder a repugnância, botou uma das mãos sobre o nariz aquilino.

Tull abriu as janelas da sacada e apontou com o dedo indicador, de unha suja e comprida, para uma das muitas torres que se elevavam na cidade dos gigantes:

— Enxergam aquela torre?

Góthãn levantou das almofadas em que permanecia acomodado e se aproximou de Tull. As eriçadas orelhas de pelo marrom do homem-javali alcançavam o umbigo do gigante. Rãnns também foi até a sacada. Seus movimentos eram desajeitados, principalmente em um prédio que fora projetado para a moradia dos miseráveis pequenos. Em Gigamir não viviam somente gigantes. E, assim sendo, aquele pé-direito era baixo para ele e Góthãn. Tinha de andar um pouco curvado para não arrastar a cabeça no teto. A yōsei os acompanhou, posicionando-se ao lado de Tull na sacada.

A torre de Tullging não era a maior da cidade; mesmo assim, Sulth sentiu vertigem ao contemplar a sua altura. Teve a sensação de que teriam de escalar o prédio para consumar a ardilosa tarefa.

Em um saquinho preso à cintura, Góthãn trazia nozes. Começou a mastigar a especiaria:

— Descreva Tullging para que possamos lhe trazer a cabeça certa.

— Tullging é um ordinário. Um safado, um idiota...

— Não duvidamos disso, mas precisamos de outros detalhes — disse Sulth, impaciente.

— Bem, é um homem-javali.

— Disso já suspeitava — rosnou Rãnns.

— Tem quase dois metros de altura. Uma anomalia. Nenhum da nossa espécie é tão alto quanto ele. Ao contrário de um corpo esbelto e gorduroso feito o meu, conserva uma massa incrível de músculos por toda a parte. Usa brincos no nariz e nas orelhas. Parece um maldito pirata. Além de tudo, é caolho. Substituiu o olho perdido por uma joia vermelha de rara beleza.

— Não temos como trazer a cabeça errada — afirmou Sulth, e Góthãn sorriu, revelando os dentes cariados repletos de fragmentos de nozes.

— Não esqueçam: quero que as presas e o olho postiço de Tullging continuem no mesmo lugar. Entenderam? Do contrário, não lhes pago uma moeda de latão.

Os três balançaram afirmativamente as cabeças.

Tull disse, esboçando um sorriso na face suína:

— Vou ornamentar a minha sala de estar com a carranca daquele traidor. — Ele colocou a mão esquerda sobre a pança, que balançava em sincronia com suas gargalhadas.

Assim que o homem-javali amenizou seu acesso de risos, Góthãn disse:

— Precisamos de um adiantamento!

— É tudo pelo dinheiro. É só nisso que vocês pensam! Pago cinquenta peças de ouro agora pra cada um de vocês. Receberão o restante quando entregarem a encomenda.

— Só isso? Arriscaremos nossas vidas por essa miséria? — Sulth botou a mão no cabo do punhal.

Tull, indignado, cuspiu no chão sujo, desaprovando a contestação da yōsei.

— Não dê ouvidos a ela, Tull — disse Rãnns. — A garota é inexperiente quando se trata de fechar uma negociação.

O homem-javali coçou a barriga.

— Ela ainda tem muito a aprender conosco. Aceitamos sua oferta — falou Góthãn.

O homem-javali pegou três sacos de couro embaixo de uma mesa e entregou um para cada.

— Saiam da minha frente. Se trouxerem logo a cabeça, posso ser mais generoso. Mexam esses traseiros.

Os dois gigantes e a yōsei deixaram o sobrado fedorento do contratante.

— Até que enfim, eu não aguentava mais o cheiro daquele porco — falou Sulth com o rosto vermelho de raiva.

— É melhor você se controlar — aconselhou Góthãn, olhando para baixo. — Um trabalho desses enche nossos bolsos por um bom tempo. Nós negociamos. Você escuta e aprende.

Faltava pouco para anoitecer. As pedras vermelhas que serviam de pavimento para as ruas do centro ainda estavam quentes, e Sulth podia sentir seus pés fervilhando dentro das sandálias. Mercadores e pedestres abarrotavam a cidade.

— Preciso fumar e beber um trago antes do serviço — rosnou Rãnns.

— Não há tempo pra isso — disse a yōsei.

— A missão pode esperar. — Rãnns olhou de maneira ameaçadora para ela.

— Não estamos dispostos a aguentar suas loucuras — advertiu Góthãn. — Vamos pra torre de Tullging.

— Façam o que bem entenderem. Antes vou passar em alguma taberna.

Rãnns foi se afastando dos companheiros. Góthãn se curvou para sussurrar no ouvido da yōsei:

— Vamos com ele, Sulth. Depois que Rãnns tomar um caneco de cerveja será mais fácil controlá-lo.

Rãnns foi abrindo caminho até o bar mais próximo, seguido de uma yōsei furiosa e de Góthãn, que sempre assumia o papel de con-

ciliador da equipe. Entraram em um estabelecimento de alvenaria velha e mofada pela umidade. Rãnns avistou no fundo do recinto uma mesa desocupada. Assim que se sentou em uma cadeira de perna frouxa, gritou para o garçom:

— Cerveja... cerveja, gnomo! — Bateu na mesa com a mão pesada. — Não tenho todo o tempo do mundo!

— Deixe de ser estúpido, Rãnns! — disse a yōsei, reprimindo a atitude do gigante.

Dois músicos tocavam uma melodia alegre, enquanto uma og dançava quase nua. Um bando de ogs, sentados nas mesas à frente do palco, vibrava com empolgação diante do espetáculo. As criaturas armadas até os dentes riam de satisfação empunhando canecos de cerveja.

Um gnomo, o garçom, de quase oitenta centímetros de altura saltou sobre a mesa redonda em que os três companheiros seriam servidos:

— Então, o que vai ser pros gigantes e pra bela senhorita de cabelos azuis?

O garçom vestia uma roupa verde luminosa bem esquisita.

Góthãn, antes de fazer qualquer pedido, reclamou:

— Primeiro, nós queremos que o mago desta espelunca diminua a temperatura do ambiente. Está muito calor por aqui!

— Desculpe, senhor, mas já faz algum tempo que tivemos de demitir nosso mago do frio. Os negócios não andam muito bem ultimamente.

— Que lixo! — disse Sulth.

Rãnns sorriu para ela, mostrando os dentes malcuidados. De tão indignada que a yōsei estava, por pouco não pulou no pescoço do gigante.

— E então, o que vai ser? — insistiu o gnomo com sua voz aguda.

— Uma cerveja pro Rãnns — disse Góthãn.

Rãnns olhou para o amigo e segurou o gnomo pela gola da camisa:

— Eu quero uma bebida bem forte!

Góthãn e Sulth olharam com desaprovação para o companheiro.

— Ainda temos algumas doses de Escama de Dragão Escarlate. Nas Terras de Lyu não existe nada mais forte.

Rãnns olhou pros companheiros e o sorriso cariado abriu-se de contentamento. Bonachão ao extremo, bateu com a palma da mão sobre a mesa de madeira:

— É exatamente o que preciso. Traga duas doses!

Góthãn e Sulth pediram um caneco de Molha Goela, bebida amarga extraída de um vegetal verde que nascia nas proximidades da poderosa cidade de Carmal. A criaturinha deu um salto acrobático e em um instante estava no balcão, cochichando algo no ouvido de um gigante que servia as bebidas.

O ambiente recendia a tabaco e fritura. Diversas criaturas humanoides conversavam, bebiam e enchiam a pança: gigantes, homens-lagarto, ogs, guerreiros-hienas, um ou outro mago humano escondido sob o capuz, gnomos das trevas, e também dowãfus que trabalhavam nas minas Korialis.

— Um mago poderia acabar com este cheiro horrível de peixe frito — reclamou Sulth.

Góthãn colaborou com as críticas negativas:

— Climatizar o ambiente seria melhor ainda. Isto aqui parece o interior de um vulcão.

— Vocês são dois recalcados! — xingou Rãnns. — Deixem de reclamar e vamos ouvir a música.

O garçom chegou com as bebidas. Rãnns emborcou todo o líquido escarlate de uma só vez.

— E então, senhor, não é uma maravilha? — perguntou o gnomo.

— É uma das minhas bebidas preferidas! Mais duas doses!

Rãnns repetiu o gesto de bater na mesa. Dessa vez usou força desproporcional, quase derrubando a bebida que os companheiros haviam pedido.

Góthãn não gostou nada daquilo. O rosto de Rãnns tinha adquirido uma coloração rosada. O amigo já estava bêbado!

O gnomo trouxe mais um duplo de Escama de Dragão Escarlate. Rãnns bebeu com satisfação e depois de acabar pediu mais.

Antes que o garçom fosse buscar a próxima dose, Góthãn o pegou pelo pequenino ombro e ameaçou o gnomo sem que Rãnns pudesse escutar:

— Escute aqui, rapazinho! Diga pro gigante que a bebida acabou! Se ele beber mais uma dose sequer, eu quebro o seu pescoço.

— Mas...

— Entendeu?

— Sim! — O garçom se dirigiu até o balcão.

A criaturinha voltou depois de alguns instantes, quando Rãnns já reclamava da incompetência do indivíduo.

— Senhor... a bebida acabou!

— O quê? Mas bebi tão pouco. — Rãnss começou a soluçar.

Góthãn tomou o último gole de Molha Goela de seu copo e disse:

— Não precisamos mais de bebidas por agora. Temos de trabalhar. Lembra, Rãnns?

Não houve nenhuma frase de resposta. Contudo, a cara de bêbado de Rãnns respondia por ele: parecia ter esquecido do trabalho que precisavam realizar.

— Quanto custou essa brincadeira? — Góthãn perguntou.

Sulth pagou a própria bebida, enquanto Góthãn pagou o resto, pois Rãnns não tinha condições de contar moeda alguma. Doses de Escama de Dragão Escarlate eram caríssimas, então Góthãn prometeu para si mesmo que na primeira oportunidade rapia os bolsos de Rãnns. Os três saíram do bar. O gigante bêbado caminhava em ziguezague feito uma barata tonta.

A noite já havia descido seu manto negro sobre as ruas de Gigamir. Rãnns disse com convicção:

— Agora preciso de fumo.

— Mais essa! — praguejou a yōsei.

Rãnns liderou o grupo em um destino incerto pelas ruas de Gigamir.

Góthãn falou no ouvido de Sulth:

— Acho que precisamos acabar com a bebedeira desse desmiolado.

— Não foi você quem disse que poderíamos controlá-lo melhor se estivesse bêbado?

— Eu não imaginei que ele fosse ficar nesse estado.

— Talvez uma farmácia resolva nosso problema — disse a yōsei, impaciente. Ela, uma conhecedora de ervas e chás, puxou conversa com o companheiro desorientado: — Rãnns, venha conosco. Eu sei onde arranjar o fumo que você tanto deseja. — E deu uma piscadela pra Góthãn.

— Ótimo! Melhor assim. É do bom? Eu gosto de qualidade!

— Fique tranquilo, gigante! Você vai saber logo.

A yōsei foi à frente. Da rua em que estavam, os três podiam ver a torre de Tullging sobressaindo-se entre outras torres da cidade. Morar em edificações daquele tipo deixava os seus proprietários longe da sujeira que se acumulava nos becos, e também dos bandidos que se escondiam em vielas escuras e nas piores hospedarias da cidade.

As ruas de Gigamir, em sua maioria, eram estreitas: locais escuros e abafados que fediam a lixo e mofo. De avenida espaçosa, existia apenas a que dava acesso ao palácio do rei, mas o trio estava longe dela.

Depois de dobrar uma esquina aqui, outra ali, a yōsei disse:

— Chegamos!

Pararam diante de uma farmácia.

— Rãnns, abra essa porta — ordenou Sulth.

— Muleezza! — concordou o gigante, enrolando a língua.

Rãnns pegou a clava que carregava presa à cintura e, com uma pancada no trinco da porta, fez saltar faísca para todos os lados. A clava mágica de Rãnns soltava uma espécie de fogo alaranjado

quando batia contra alguma coisa. Havia comprado aquela arma de um mago do fogo, um dos tantos trambiqueiros espalhados pela cidade. O gigante não sabia, mas logo a carga mágica do objeto se extinguiria por completo.

Chamuscada e com o trinco esfacelado, a grossa porta de madeira se abriu com um ranger agudo. Por sorte ninguém abriu as janelas do prédio vizinho e a rua estava deserta.

— Seu energúmeno! — Sulth quase enlouqueceu. — Quer nos entregar pros guardas? Por que não abriu a fechadura com o estilo de um verdadeiro ladrão? Tudo precisa ser feito com estardalhaço!

O sorriso cariado de Rãnns se abriu:

— Gosto de te ver nervosinha!

— Vou encher sua cara de sopapo na próxima.

Rãnss apenas riu, divertindo-se com a situação.

Entraram na farmácia. Para curar a bebedeira do colega o quanto antes, Sulth dirigiu-se à prateleira dos chás. Fascinada pela quantidade de produtos diversos acondicionados em tubos de vidro, ela quase não percebeu algo estranho se movimentando no escuro: duas luzes vermelhas com o formato de bolas de gude voavam pelo recinto. Foi então que revelaram ser os olhos de um gato descomunal, do tamanho de uma pantera. A criatura miou com ferocidade antes de atacar e todos os seus pelos se eriçaram.

A yōsei viu o brilho das garras da criatura. O ambiente não estava totalmente na escuridão, já que os ladrões haviam deixado a porta de entrada semiaberta para que alguma luz vinda do exterior pudesse orientá-los.

O gato furioso pulou na direção de Sulth. Rãnns colocou-se entre o guardião e a yōsei. As unhas afiadas do inimigo rasgaram a pele do gigante entre o pescoço e o peito, e os dois rolaram pelo chão. Antes que o guardião pudesse ferir o rosto de Rãnns, Góthãn acertou um chute de direita no focinho do animal, fazendo com que a fera fosse arremessada contra o balcão.

Rãnns, com o efeito da bebida correndo no corpo, praticamente não sentiu os ferimentos. O gigante ignorava a dor e a perda de sangue. Levantou-se do chão de forma estabanada, quase caindo outra vez. Com a clava, tentou acertar o grande gato, que estava se recompondo da pancada. A arma de Rãnns passou do lado da orelha do felino, o chão de madeira ficou chamuscado e as prateleiras tremeram. Góthãn desenrolou com extrema perícia uma corda que levava à cintura e fez um laço em sua ponta.

O guardião ronronou de forma ameaçadora enquanto encarava os invasores antes da próxima investida. A criatura atacou novamente. O gigante bêbado não foi capaz de evitar que os dentes afiados do adversário mordessem seu ombro.

Assim que a criatura largou Rãnns, Góthãn com grande habilidade laçou o pescoço do felino. Rãnns continuava sem sentir dor, mas sua visão estava desaparecendo. Tentou um último golpe, aproveitando que o gato permanecia preso. Errou a tacada e viu que as faíscas da clava tinham se extinguido. O gigante bêbado caiu no assoalho de madeira, perdendo a consciência. Os objetos nas estantes sacudiram mais uma vez.

Com um movimento rápido das garras, o guardião arrebentou a corda que o prendia e tornou Góthãn o novo alvo. O gato pulou na direção do gigante, que tão rápido quanto o adversário sacou o machado de duas lâminas às suas costas. O machado afiado rachou a cabeça do imprudente atacante em duas partes desiguais. O corpo da criatura, estirado no chão, ainda se contorceu uma última vez antes de perder a vida por completo.

Sulth pegou da prateleira um vidro de formato esquisito. No rótulo havia uma inscrição na língua do seu povo.

— Isso vai ajudar! — a yōsei disse, aproximando-se de Rãnns.

Assim que ela retirou a rolha que tampava o recipiente, um cheiro forte exalou pelo ambiente. Nos ferimentos de Rãnns, a yōsei passou o unguento e o sangue aos poucos parou de escorrer.

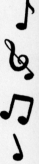

— Temos de sair daqui! — disse Góthãn.

O gigante pegou Rãnns e o carregou como se fosse um grande saco de batatas. Antes de saírem da farmácia, Sulth roubou mais alguns pequeninos frascos e os distribuiu entre os bolsos da calça e da camisa.

Góthãn conhecia uma hospedaria ali por perto que abrigava a bandidagem de Gigamir. Lá poderia salvar o companheiro. Passando por poucos pedestres nas vielas escuras, eles chegaram à hospedaria, sem nenhuma culpa pelo assalto e por terem matado o guardião da farmácia. Na recepção, um yōsei de pele cinza e cabelos prateados lia um livreto. Góthãn colocou Rãnns em um sofá.

O yōsei se agitou de trás do balcão e disse:

— Hei! Ele não pode dormir aí!

— Precisamos de um quarto pro nosso companheiro!

O recepcionista observou os ferimentos de Rãnns:

— Acho que vocês precisam de uma enfermagem, não de uma hospedaria.

— Ah, isso são ferimentos superficiais. Nosso amigo bebeu muito e caiu das escadas de uma taberna. Veja bem, ele dorme feito uma criança! Não vai incomodar nem um pouco.

O yōsei se deu por convencido e aproveitou para cobrar o aluguel do quarto um pouco mais caro do que o habitual. Sem titubear, Góthãn limpou a bolsa de couro de Rãnns. Com uma parte da quantia pagou o recepcionista, outro tanto serviu para reembolsar seu prejuízo no bar, e o restante por terem de passar por todas as enrascadas propiciadas por Rãnns.

O gigante e a yōsei deixaram o hotel com a promessa de que viriam buscar o companheiro até o final do dia seguinte.

— Rãnns só apronta! Não quero mais saber de trabalhar com ele! — Sulth foi enfática.

Góthãn permaneceu em silêncio, pois considerava Rãnns como um irmão.

Depois de se embrenharem nas vielas do centro de Gigamir, chegaram ao pé da torre de Tullging.

A torre, semelhante a um cano, ia se afunilando desde a sua base até o topo. Sulth olhou para cima, quase ficando com torcicolo: a edificação tinha mais ou menos uns cento e vinte metros de altura. A coloração quase rosada dos tijolos se misturava ao limo que crescia na parte inferior da torre. Não poderiam, obviamente, invadir o lugar pela grande porta principal — por sinal, a única entrada, excetuando-se as janelas, que ficavam a trinta metros do chão. Puderam ver luzes acesas apenas nos dois últimos andares.

— Só nos resta escalar! — disse Sulth para o gigante.

— Não há problema!

— Você trouxe o material?

— Pergunta ridícula. É obvio. Está aqui. Esfregue bem nas mãos e na sola das botas.

— Não precisa me ensinar. Eu sei como se faz!

Os dois se prepararam ao lado de um sobrado, escondidos pela sombra da torre. Sulth e o gigante besuntaram as mãos e a sola das botas com uma pasta roxa e pegajosa.

— Este negócio foi uma das melhores coisas que roubamos daquele velho feiticeiro caduco em Carmal — disse Sulth.

— Tem razão. Pena que está acabando.

— Teremos dinheiro suficiente pra comprar mais um carregamento disso depois que assaltarmos esse homem-javali.

Os dois começaram a escalar a torre. O item mágico lhes dava incrível aderência ao tocar nas pedras da edificação. Pareciam lagartixas subindo a parede.

— A noite está perfeita pra esse tipo de passeio — disse Góthãn, realizado.

— Quanto mais escura a noite melhor!

— As nuvens estão ocultando a fase cheia de Luniar. Nada mais interessante pra um ladrão do que estar oculto nas sombras.

— E assassinos, não esqueça! É o que você é.

— Quem pode se dar ao luxo de não ser um fora-da-lei nas Terras de Lyu?

— Poucos, meu caro. De luxo certamente não vivemos. Agora chega de conversa fiada e observe bem as janelas pelas quais vamos passar. Só entraremos na torre depois de avistarmos Tullging.

— Certo, madame — disse Góthãn com sarcasmo.

O gigante seguiu à frente de Sulth. Depois de longos minutos de escalada, ele estacou no penúltimo andar. A janela pela qual Góthãn espionava estava iluminada. No aposento, o alvo jantava na companhia de duas mulheres-javali. O olho de pedra vermelha que Tullging usava tinha um brilho constante e hipnótico.

Góthãn fez sinal para que Sulth invadisse o andar de baixo. Os dois tinham uma série de códigos a que já estavam acostumados, mesmo naqueles poucos meses em que se conheciam. Nenhum transeunte viu as figuras sorrateiras. E, talvez, se alguém tivesse os visto, o mais provável era que não teria dado a mínima importância para o caso. Gigamir era quase uma cidade sem lei depois que a imperatriz hasteou a bandeira do Império de Carmal sobre eles.

Sulth invadiu sozinha a torre depois de constatar que a janela do antepenúltimo andar não estava fechada.

— Luz! — disse a yōsei ao mesmo tempo em que abriu um bolso de seu casaco.

Mariposas vermelhas e fluorescentes voaram em círculos ordenados, iluminando o aposento quase vazio. Não havia nada de interessante por ali, apenas uma cama de madeira e um colchão velho sobre ela. Adiante, uma porta se revelou pela luminosidade vermelha que os insetos emitiam.

Sulth abriu com furtividade a porta e encontrou a escadaria da torre. Com cautela, subiu passo a passo os degraus. No andar superior, de uma das duas portas que avistou, escutou o barulho de gargalhadas. Pelo seu senso de orientação, não teve dúvida alguma:

aquela era a sala que Góthãn espionava. Antes de uma investida arrojada, a yōsei olhou pelo buraco da fechadura. Pôde ver o olho vermelho de Tullging brilhando. A criatura acariciava o ombro de uma de suas companheiras.

A yōsei concluiu que sua melhor arma naquele instante era a surpresa, então invadiu a sala de repente, sacou seu punhal e arremessou contra o alvo. Um grito estridente de dor escapou da garganta de Tullging. A ponta afiada da faca havia penetrado seu peito.

No instante em que Tullging colocava uma das mãos sobre o punhal, Góthãn pulou dentro da sala pela janela. As duas mulheres-javali grunhiram de ódio. O gigante as espancou sem ao menos dar um aviso qualquer de ameaça. Sulth correu até Tullging e antes que ele pudesse retirar o punhal do seu corpo ferido, a yōsei empurrou a lâmina da arma até o cabo. Perplexo, Tullging urrou mais uma vez, seu coração parou de bater, e o olho de pedra que outrora brilhava se apagou.

Uma de suas companheiras ficou estirada no chão, perdendo muito sangue de ferimentos no rosto. A outra, cambaleando, conseguiu fugir da sala de jantar e gritou por auxílio.

O corpo do homem-javali permanecia sentado em sua cadeira estofada. Sulth arrancou o punhal do coração da vítima.

— Vamos embora daqui! Corte a cabeça de Tullging, Góthãn! — ordenou a yōsei.

O gigante escutou diversos passos subindo as escadarias próximas. Sem titubear, cumpriu as ordens da colega. Um golpe preciso, realizado com uma cimitarra, foi suficiente para que a cabeça fosse arrancada do tronco em uma fração de segundo. Sangue espirrou para todos os lados.

A yōsei agarrou o prêmio por uma das enormes orelhas.

— Nos encontramos no sobrado de Tull — disse a yōsei para o gigante enquanto acenava.

A mulher pulou da janela da torre sem medo algum. Afastou uma perna da outra e os braços de perto das costelas. Manteve o corpo

ereto. Asas artificiais surgiram abaixo de suas axilas e entre as coxas. O material que usava era bem peculiar: feitas de um metal maleável e um tecido leve confeccionado em Arakas, as asas imitavam os órgãos de voo dos dragões e eram instaladas na própria roupa.

Góthãn praguejou. A yōsei planava acima dos prédios de Gigamir feito uma folha ao sabor do vento outonal.

Sulth escutou os impropérios que o colega esbravejou. E também pôde ouvir o tilintar de armas na luta ferrenha que se seguiu na sala de jantar de Tullging. O quanto antes chegasse ao sobrado de Tull, melhor seria para ela. Não queria correr o risco de dividir com ninguém as mil peças de ouro. Isso, claro, não ocorreria se Góthãm fosse aprisionado pelos guardas de Tullging ou tivesse um destino ainda pior. Quanto a Rãnns, ela imaginava que o gigante não se recuperaria tão rápido depois daquela bebedeira.

O voo noturno de Sulth foi gracioso. Era a primeira vez que via Gigamir daquela perspectiva. Manipulou suas asas artificiais de forma que pousasse bem perto do sobrado do contratante. Em um beco vazio, a não ser por entulhos e ratos bem-alimentados, pousou sem maiores dificuldades. Não havia mais ninguém circulando pelas ruas àquela hora, talvez um ou outro mendigo — até mesmo os marginais estavam dormindo. O horário da maracutaia estava encerrado, ao menos para alguns desses malandros. Porém, bandidos mais sofisticados como a yōsei não tinham hora para colocar as diversas artimanhas em jogo.

Enfim, Sulth chegou à casa de Tull. Quando ela bateu à porta, o próprio homem-javali a abriu. Seus olhos escuros brilharam ao ver a relíquia que ela trazia:

— Entre, mulher! Entre logo!

Sulth entrou no sobrado:

— Está aqui o que você queria!

Ela entregou a cabeça para a criatura ambiciosa. Tull gargalhou satisfeito ao ver o olhar apagado da pedra vermelha.

— Morto! Finalmente. Esse maldito mereceu!
— O pagamento, onde está?
— Espere aqui. Vou buscar lá em cima. — Tull não demorou muito para buscar um grande saco de couro com moedas. Perguntou com curiosidade: — Onde estão os gigantes?
— Um deles encheu a cara e não conseguiu nos acompanhar. E o outro morreu lutando contra os seguranças de Tullging. — Essa era a informação que Sulth desejava ser real.
— Hum. Eles não pareciam muito espertos mesmo.
Tull, sem se importar com o que teria acontecido de fato, entregou o pagamento para a yōsei.
— Se precisar de serviço me procure — disse o homem-javali.
— Vou sumir por uns tempos — falou ela. — Antes de ir embora, gostaria de saber uma coisa.
Tull acendeu um charuto:
— Pergunte!
— O que você vai fazer com a cabeça?
— Vou dar para os meus cães. Gosto mesmo é daquele olho de pedra! Não é fantástico? — Ele piscou para a yōsei com um sorriso cínico na boca fedorenta.
— Se você acha, quem sou eu para discutir? — Sulth não pagaria mais do que cinquenta peças de ouro pela gema. Se tivesse investigado, porém, descobriria que não se tratava de qualquer joia.
A yōsei pegou o pagamento e se despediu, embrenhando-se na escuridão dos becos de Gigamir.

In: Multiverso Pulp vol.4: Alta fantasia. Porto Alegre: AVEC Editora, 2021, p. 151-165.

CAVALO DE TROIA

A lua cheia ajudava a iluminar um pouco a floresta. O suor escorria pelo pescoço de Demétrio. Ele estava tenso. Sabia que no mínimo três licantropos o perseguiam. Precisava chegar logo na Pedra Sagrada; somente lá poderia conjurar o feitiço que recebera em um pergaminho de Hanna, a velha taberneira. Aquele era um dos locais-chave para minar o poder dos tiranos do escuro, conforme a mulher. Demétrio olhou o mapa que tinha em mãos e averiguou que estava próximo. Ainda possuía no tambor do revólver de cano duplo seis balas. Os projéteis comprados no mercado do vilarejo podiam matar os monstros, pois tinham sido confeccionados com prata. Custaram caro; Demétrio precisou desembolsar mais créditos do que imaginara. E, mesmo assim, se não realizasse tiros precisos, na cabeça ou no coração, apenas atrasaria os seus caçadores. Para piorar, ele ainda não tinha desenvolvido tanto a sua pontaria a ponto de despreocupar-se. Porém, ninguém poderia negar que ele era quase sempre certeiro. Adquirir mais conhecimento ao longo do tempo resolveria essa situação, em que se revelava menos hábil. Contudo, precisava sobreviver primeiro. Uma de suas estratégias para acumular experiência tratava-se de completar missões secundárias, obscuras ou raras, como a que estava encarando.

Ouviu um uivo às suas costas, do seu lado direito. Eles aproximavam-se cada vez mais. Olhou para trás e tudo o que viu foram pássaros de penas coloridas levantando voo da copa das árvores a uns cem metros de distância, pelo que pôde calcular.

Enfim avistou a Pedra Sagrada entre árvores que tinham seus troncos grossos enrolados em cipós e galhos compridos que ostentavam folhas vistosas de colorações esverdeadas. Atrás de si, escutou um rosnado. Já estava com o revólver em mãos quando se virou e disparou sem ao menos ver com exatidão onde estava o seu perseguidor.

O tiro da arma de cano duplo atingiu o pescoço do licantropo, uma criatura híbrida de humano e doberman. O monstro caiu. Sua cabeça pendeu para um dos lados. O buraco na carne sangrou aos borbotões e a prata agiu, dificultando a regeneração do inimigo, que ficaria alguns minutos fora de combate.

Demétrio aproximou-se da pedra. Era alta, mas não maior do que as árvores ao seu redor. Talvez tivesse mais ou menos sete metros. Como uma coluna retangular, ela elevava-se lisa, sem rugosidades onde ele pudesse apoiar-se. Precisava chegar ao topo. Veio preparado: trouxe uma corda e um gancho de três pontas. O aventureiro girou a corda e arremessou-a para cima. Na primeira tentativa, as hastes de metal ficaram firmes no alto da pedra. Começou a subir. Foi alertado por mais um urro que vinha de baixo. Dessa vez, teve de sacar o revólver que havia colocado no coldre e, antes que um dos licantropos começasse a escalar, disparou. Enfim acertou uma cabeça. O focinho de cão da criatura ficou deformado e a bala seguiu seu rumo, atingindo o cérebro. Fumaça da reação química provocada pela prata fez aquela cabeça entrar em combustão. Demétrio continuou subindo até atingir o alto da Pedra Sagrada. Lá de cima, podia ver aquele primeiro inimigo que atingira levantando-se. O pescoço dele havia se regenerado. Outro licantropo chegou, aproximando-se do companheiro ferido. Os dois emitiram latidos ferozes e vieram correndo na direção da pedra. Das seis balas do tambor do revólver de cano duplo, ainda sobravam duas. Demétrio tinha duas balas para dois inimigos. Todavia, somente poderia puxar o gatilho uma vez, enviando dois projéteis ao mesmo tempo. Teria de acertar se

quisesse sobreviver. Se errasse, teria de conjurar o feitiço antes de ser estraçalhado por dentes e garras. Isso valeria a pena: seu objetivo era sabotar o poder dos tiranos do escuro, mesmo que o jogo acabasse definitivamente para ele. A boca dos dobermans humanos salivavam, os olhos vermelhos pareciam a ponto de incendiar-se e os dentes alvos seriam capazes de rasgar a pele de suas vítimas com o mínimo de esforço.

Então, Demétrio escutou a voz de Alan:

— Vinte para meia-noite. Vou pausar.

Ele quase havia esquecido que programara Alan para parar o jogo antes da virada do ano-novo. Enfim o novo século estava chegando. Tão logo ele sentiu a sua mão verdadeira mexendo-se no mundo real, apertou um botão que ficava ao alcance dos seus dedos. O jogo sumiu como uma luz que se apaga. Diante dos seus olhos, viu a tinta descascada do teto de sua sala. Um abajur no canto do aposento fornecia uma luminosidade amarelada e de pouca potência. Demétrio estava deitado e imerso até o pescoço em um líquido pastoso chamado de condutor de sensações. Ele desgrudou eletrodos que estavam acoplados a diversas partes do corpo: na cabeça, no peito, nos braços, nas pernas e em seus testículos. Levantou-se da caixa de jogo — era assim que chamavam aquela plataforma de entretenimento de última geração. Da fábrica, vinha pintada de preto, mas alguns jogadores gostavam de colorir a parte externa ou colar adesivos com os ícones de suas bandas ou jogos preferidos. Nas redes sociais, as fotografias das caixas costumavam render muitas curtidas. Quem não gostava delas as apelidara de caixões do Drácula, mas essas observações acabavam gerando o bloqueio dos usuários na rede alfa por até trinta dias. Era bom saber o que se comentava, para não ficar de fora do mundo virtual. Não se permitia falar mal ou ironizar grandes empresas e seus produtos. Até mesmo conversas presenciais podiam gerar bloqueio se um drone gravasse algum tipo de difamação.

Demétrio levantou-se com dificuldades. O seu corpo de cento e vinte quilos pesava, ainda mais depois de uma sessão tão longa como aquela. Já estava jogando havia mais de dez horas. Precisava dormir de verdade e comer alguma coisa. Esticou o braço para pegar uma toalha que deixava em um cabide ao lado da caixa. Secou o corpo e deixou a plataforma. Vestiu sobre o corpo nu um roupão escuro e calçou seus chinelos. Em seguida, deslocou-se até um pequeno armário de canto e abriu uma gaveta. Revirou alguns pequenos potes cilíndricos, de plástico e sem rótulo. Destampou um deles e tomou um comprimido que apaziguaria seu coração, que ainda palpitava depois da jogatina. O medo intenso causado pelo confronto com aqueles monstros virtuais tinha consequências reais em sua mente e também no cansaço de seu corpo. Pôde sentir que o efeito do remédio era quase instantâneo: seu coração começava a desacelerar. Já ouvira rumores, em conversas de colegas, de que o jogo podia causar diversos males para a saúde. Escutara, inclusive, sobre alguém morrer jogando, mas que diferença isso faria para vida dele? Todos morrem um dia, era sua principal filosofia. Tem gente que morre fazendo sexo, tem gente que morre dormindo, tem gente que morre trabalhando, era isso. A morte fazia parte da vida. Para morrer, bastava estar vivo. Decidiu tomar mais uma boleta, mas dessa vez seria uma para elevar o ânimo. Assim que a ingeriu, sentiu-se melhor. Talvez até jogasse mais um pouco antes de dormir. Se tivesse mesmo chance de eliminar aqueles licantropos com cara de doberman, faria uma fotografia para postar na rede. Havia quase quarenta e oito horas que não postava nada. Seus amigos esqueceriam logo dele se não tomasse alguma atitude em relação a isso. Colocou um pão com pedaços de frango processado para esquentar no micro-ondas e abriu uma cerveja. Às vezes, duvidava que aquilo fosse mesmo carne. Por ele, seria vegetariano, mas quase não vendiam frutas ou verduras em Nova Porto Alegre.

Depois que tomou um gole, escutou mais uma vez a voz de Alan em um dos autofalantes instalados no pequeno apartamento:

— Faltam somente cinco minutos.

— Ah, obrigado por avisar. Quase me esqueci — disse olhando na direção do autofalante.

— Chegaram algumas mensagens. Você quer ouvir, ler ou deixar para depois?

— Melhor deixar para depois. Vamos ver os fogos de artifício. Pode abrir os olhos.

Depois que Demétrio deu permissão para que os olhos de Alan fossem abertos, as câmeras ao lado dos autofalantes ligaram. A que estava na sala abriu e fechou o diafragma, como se piscasse para Demétrio.

— Obrigado. Você sabe que eu gosto de ver.

Demétrio abriu a persiana da janela. As luzes de neon que inundavam o centro da cidade invadiram o apartamento. No alto dos prédios e em suas fachadas, telas de formatos e tamanhos diferentes brilhavam com propagandas sedutoras que prometiam uma vida de sucesso e feliz. Eram anúncios de produtos farmacêuticos, refrigerantes, cosméticos, competições esportivas, atualizações de jogos virtuais, turismo, alimentos, implantes biônicos, memórias digitais, entre tantos outros.

As luzes preenchiam o ambiente externo com intensidade. Demétrio quase não percebeu o início do espetáculo dos fogos de artifício. Só se deu conta de que haviam começado a aparecer no céu quando escutou o barulho de suas explosões. As cores espalharam-se como pétalas de flores. Vermelho, verde, azul, amarelo, lilás, laranja e branco, eliminando o pouco da escuridão que insistia em permanecer sobre Nova Porto Alegre durante a noite.

O brilho das estrelas na cidade era imperceptível e assistir aos fogos dava uma impressão de que lá no céu havia outro mundo, um mundo mais vivo do que as luzes artificiais de toda aquela publicidade. Depois de alguns minutos, os fogos começaram a rarear. Por acaso, Demétrio olhou para a rua lá embaixo. Chamou sua atenção que mais de um outdoor piscou e ficou sem luz. Nunca tinha visto isso acontecer.

Então ele pegou um binóculo que deixava pendurado ao lado da janela. Às vezes, ficava bisbilhotando a vida alheia, querendo ver o que acontecia nos apartamentos das pessoas. Até aquele momento, ninguém tinha percebido sua indiscrição, seu olhar invasor. Apontou o visor do aparelho para a escuridão e viu um vulto movimentando-se. Era uma pessoa, mas não conseguia identificar nem ver o que podia estar fazendo.

O indivíduo ficou por ali alguns instantes e Demétrio acompanhou-o quando se deslocou. Ao sair da penumbra, viu que era uma mulher. O cabelo era espetado, alto e colorido de azul, rosa e verde — parecia mais uma escova de esfregar chão, avaliou Demétrio. A mulher vestia roupas de um tecido desbotado e com rasgões nos joelhos. O bisbilhoteiro não sabia como algumas pessoas, raras em Nova Porto Alegre, tinham coragem de vestir-se daquele jeito e cultivar aqueles cabelos estranhos. O que sabia era que dificilmente conseguiam um emprego decente na cidade. Ele próprio era careca, como a maior parte das pessoas, e costumava comprar roupas sóbrias, conforme orientação do seu empregador.

A mulher olhava em todas as direções, como se estivesse preocupada. Que receio ela poderia ter, perguntou-se Demétrio. Mesmo que as luzes tivessem falhado durante algum tempo, em Nova Porto Alegre não se registrava nenhum assalto em mais de três décadas. Assassinatos eram raros. Somente malucos cometiam crimes; pessoas ajustadas ao modo de vida da cidade não tinham com o que se inquietar.

Ela olhou para o alto na direção do apartamento dele. Parou por um instante. Demétrio pôde ver com o binóculo que a pupila esquerda dela brilhou de maneira estranha, como se fosse um flash. Aquela situação inesperada fez com que se afastasse da janela. Sem saber o

porquê, sentiu seu coração disparar. Ele não podia ficar observando as pessoas daquele jeito. Ele não era um drone-vigia.

— O que foi? — perguntou Alan, percebendo a preocupação de Demétrio.

— Não foi nada — respondeu de forma apressada.

— Pensei que não tivesse gostado dos fogos.

— Ah, gostei sim.

Demétrio tentou se recompor do susto e aproximou-se da janela mais uma vez. Procurou pela mulher e não a encontrou. As luzes dos outdoors começaram a piscar e voltaram a funcionar. Na parede de um dos prédios que ficava à frente do seu, viu escrito em letras vermelhas "Revolução já!".

O coração de Demétrio disparou e quase saltou pela boca. Ele se abaixou, com receio de ser visto.

— O que está acontecendo com você? — Os olhos eletrônicos de Alan enxergavam somente dentro do apartamento. O computador não podia olhar para as ruas da cidade sem uma câmera instalada na janela.

— Eu vi uma rebelde. Uma maldita rebelde e não percebi.

— Como você sabe que ela é uma rebelde?

— Ela pichou a palavra revolução em uma parede.

— Denuncie agora. Vou conectar com a polícia!

— Não. Não faça isso. Acho que ela me viu e pode ter me fotografado com um olho biônico.

— Mais um motivo. A mulher pode ser perigosa.

— Não sei se é uma boa ideia. Uma vez ouvi um colega dizer que a polícia não encontrou um dedurado e acabou desconfiando do delator e daí fez uma devassa na vida da pessoa, que acabou se tornando suspeita e depois foi presa.

— Isso não é verdade. É conversa de subversivo. Quando você ouviu essa história, devia ter entrado em contato com a central. Por que não me falou disso antes?

Demétrio continuava abaixado, sem aparecer na janela. Apertava entre as mãos o binóculo.

— Na hora não soube direito o que pensar. Parecia somente uma brincadeira de mau gosto.

— Você precisa contar essas coisas para a polícia, Demétrio. Alerte sobre o seu colega de trabalho e fale que viu a rebelde.

Demétrio engatinhou pelo apartamento até chegar na sua caixinha de remédios.

— O que você vai tomar? — perguntou Alan.

— Algo pra acalmar. Estou muito nervoso pra decidir sobre isso agora.

— Quanto mais tempo passa, pior.

Ele tomou o tranquilizante.

— Você vai dormir?

— Vou me afastar um pouco daqui.

Demétrio tirou o roupão e os chinelos. Entrou no console e conectou os eletrodos ao corpo.

— Não acredito que você vai fazer isso.

— Vou jogar até cansar.

— Você não está sendo um cidadão exemplar. Nova Porto Alegre precisa do seu apoio. Deixe-me avisar a polícia.

— Agora não. Ela me viu. Não quero correr nenhum risco.

— Você deve avisar as autoridades.

— Cale a boca. Sistema de IA, desligue.

As câmeras do apartamento desligaram e a voz de Alan também.

Demétrio ligou o aparelho e enxergou a interface do programa. A droga faria efeito muito em breve e, inserido no universo do jogo, deixaria de pensar em sua própria vida por algum tempo. Aquela era uma noite de Ano-Novo e, mesmo assim, não tinha interesse de ligar para ninguém e ninguém ligava para ele. Nem mesmo os parentes que um dia já tinham sido mais próximos interessavam-se por outra coisa que não si mesmos. Caso seus pais estivessem vivos, teria alguém para li-

gar. Mas eles já tinham partido dessa para a melhor. Demétrio era uma das tantas pessoas solitárias que viviam em Nova Porto Alegre. Sua decepção com a existência o afastava ainda mais do mundo real. Não queria saber da rebelde, do colega que um dia dissera que a polícia era perigosa e de Alan interferindo em sua vida, controlando os seus passos. Preparou-se antes de apertar o *play*. Não podia errar aquele tiro.

Assim que acionou o botão de iniciar, as ações ocorreram de forma frenética. Os licantropos vieram para cima dele. Demétrio mirou nos inimigos que escalavam a Pedra Sagrada com garras afiadas e longas.

Bang. Disparou. O tiro duplo passou entre as duas criaturas e apenas raspou no ombro de uma delas. Demétrio jogou a arma pesada sobre a cabeça da mais próxima, acertando-a como um bumerangue. O licantropo atingido desequilibrou-se e desabou da pedra, encontrando o solo cheio de folhas da floresta. Contudo, o outro monstro seguia firme em seu encalço.

Não tinha mais como defender-se do monstro, mas ao menos recitaria o feitiço, mesmo sem saber qual o seu real efeito. Hanna dissera apenas que todos os monstros da região, incluindo os malditos usurpadores e tiranos do reino, teriam uma noite péssima, um aviso de que a resistência continuaria lutando.

Demétrio, no topo da Pedra Sagrada, sacou com rapidez o pergaminho que recebera da velha taberneira. Leu as palavras que mais pareciam um código. Quando fez isso, uma espécie de carga elétrica percorreu das suas mãos até os pés e atingiu o topo do monólito. O mundo à sua volta entrou em colapso. O cenário piscou uma, duas, três vezes e apagou-se. Os monstros, o monólito e a floresta desapareceram. Demétrio ficou no escuro. Não sentia mais o chão aos seus pés, apenas o líquido da banheira de jogo em que submergia o seu corpo. Uma dor de cabeça aguda o atingiu, uma agulha bem no meio da testa. Um pouco de sangue escorreu das suas narinas.

O jogador aguardou alguns segundos, mesmo sentindo dor, para ver se acontecia alguma coisa. Não queria perder aquela experiência da missão secundária em que se embrenhara. Imaginou que fosse uma falha do sistema. Então, desanimado, resolveu desligar o aparelho e reiniciá-lo. O console mostrou uma tela de navegação. Demétrio clicou no ícone do jogo. A nova tela indicou que estava carregando, mas travava antes mesmo de chegar aos vinte por cento. Desgostoso, tentou mais uma vez, sem sucesso. Em seguida, decidiu clicar em outro ícone para ver se funcionava. Para sua surpresa, tudo travava. Até mesmo o navegador da internet tinha parado.

Abatido, Demétrio enfim desligou o aparelho. Viu acima dele o teto desbotado do seu apartamento. Tirou os eletrodos do corpo e saiu da banheira. Sua dor de cabeça o incomodava. Limpou o sangue do nariz.

— Ligar — ordenou Demétrio para o sistema de IA. — O que aconteceu com o sistema de jogo? — Demétrio perguntou.

Alan não respondeu.

— Abra os olhos, Alan.

As pequenas câmeras dentro do apartamento permaneceram desligadas.

— Mas que merda tá acontecendo?

Demétrio foi até a janela e percebeu que muitos outdoors tinham se apagado; outros piscavam sem parar. Escutou sirenes de viaturas nas ruas. Estavam distantes, mas pareciam aproximar-se. Permaneceu na janela para tentar entender o que acontecia. Em poucos minutos, duas viaturas estacionaram atravessadas na sua rua, bem diante do prédio em que morava. Delas saíram policiais armados, com escudos e um aríete.

Os homens fizeram um tumulto arrombando a porta do prédio. Demétrio escutou os gritos de alguns moradores apavorados com a invasão e a força desproporcional que os invasores haviam utilizado. Ele afastou-se da janela e aproximou-se da entrada do apartamento. Aproximou o ouvido da porta para escutar melhor. Escutou pessoas berrando. Xingavam os policiais. Ouviu um disparo de arma de fogo.

Logo em seguida, percebeu os passos pesados das botas dos policiais subindo as escadas.

O coração de Demétrio começou a bater mais forte. Pelo olho mágico, ele contou meia dúzia de policiais entrando no corredor do seu andar e vindo na direção de sua porta. O que ele tinha feito? Aquele feitiço era só um feitiço de jogo. Não podia ser mais do que isso. Desafiar ditadores irreais era uma coisa, verdadeiros era outra. Ele estava satisfeito com sua vidinha. Não costumava sentir-se oprimido onde vivia; drogas e sensações virtuais eram suficientes para ele. Hanna tinha dito que se ele tivesse sucesso na missão, estaria sabotando o poder dos tiranos do escuro. Demétrio nunca poderia adivinhar que estaria jogando contra o governo que elegera reiteradamente ao longo de décadas. Que diferença fazia se votava ou apoiava um presidente sem partido? Para ele, nenhuma. Que mal tinha as pessoas viverem em um mundo no qual a meritocracia funcionava para os mais ricos? Os pobres também tinham suas oportunidades, ele sempre entendera assim. Demétrio afastou-se da porta antes que ela fosse derrubada por guardas que empunhavam o aríete. Assim que invadiram sua sala, Demétrio ajoelhou-se pedindo desculpas e afirmou que não sabia de nada, que não era culpa dele. Repetiu mais de uma vez que não queria atacar o governo. Ele fora enganado. Antes que pudesse continuar sua lamúria, tudo escureceu quando levou uma violenta coronhada na fronte. Seus últimos dias de vida foram em uma sala fechada e escura, sentindo dor como nunca sentira antes, na qual teve de responder perguntas para as quais não tinha melhores respostas do que acusar qualquer nome que viesse a sua mente, em especial, o nome de uma velha taberneira de um jogo de realidade virtual.

In: Multiverso Pulp vol.5: Cavalo de Troia. Porto Alegre: AVEC Editora, 2022, p. 143-153.

BECKY STAR E RONNIE NA ZONA MORTA

A aterrisagem não foi confortável. Becky Star pilotou como pôde para se salvar. O navegador deixara de funcionar, um dos propulsores não oferecia plenas condições, o escudo defletor havia pifado e, para piorar, o comunicador de longo alcance, instalado na parte externa do casco, tinha sido destroçado por lixo espacial. A garota estava furiosa.

Era difícil acreditar como chegara àquela situação. Ronnie sempre ficava encarregado de cuidar da rota de viagem, enquanto Becky descansava ou se distraía com treinamentos e jogos. Desde que o pai desaparecera em uma cidade marciana, ela o procurava. Uma pista atualmente a conduzia para Saturno. Ainda não conseguia entender por que Marvin a evitava. As últimas mensagens que trocaram faziam-na pensar que ele estava encrencado com a Federação Solar. Seu instinto dizia, sem dúvida, que o pai precisava de auxílio. Ela queria a todo custo descobrir o que se passava. No entanto, agora teria de se contentar em ajudar a si mesma.

Sem a atividade adequada dos propulsores, não conseguira escapar da atração gravitacional de Tétis. Quando entraram na atmosfera do satélite, algumas placas de metal da nave foram arrancadas. Becky pilotava bem; o pai a ensinara bastante sobre como navegar, entrar e sair de órbitas permanecendo viva. Se ao menos o escudo defletor estivesse em ordem, teria sido mais fácil.

Becky e Ronnie atingiram uma área equatoriana e pousaram sobre um terreno pantanoso que amenizou o impacto. Por sorte era dia e, mesmo sem os instrumentos básicos de navegação, a garota desviou da maior parte das árvores. Todavia, não conseguiu evitar que alguns galhos atingissem o casco, causando amassados no metal resistente.

— Por um momento achei que você não nos salvaria — disse Ronnie com sua voz eletrônica.

— Eu devia te jogar no reciclador — ameaçou Becky.

O robô tinha um olho que mais parecia uma luneta encolhida. Um mecanismo como o de uma máquina fotográfica, que piscou, lhe concedendo certa humanidade.

— Foi sem querer. É sempre você quem se diverte. Passei meses limpo. Sem nenhuma gota. Você faz o que quer e eu não posso nada. É injusto. Seu pai sabia o meu valor. Não se importava quando eu me excedia um pouco. Amigo do peito.

— Pare de resmungar, Lata Velha! A vítima aqui sou eu, e não você.

— Não me insulte. — A voz do robô mudou para um tom mais agudo, parecendo ofendida.

— O que você quer que eu diga? Que lindo! Robozinho querido desligou o escudo defletor para catar lixo espacial.

— Pensei que podia ser algo valioso.

— Robôs precisam calcular, e não pensar. Se você não estivesse bêbado, teria avaliado melhor a situação. Teria me acordado, mas quis fazer tudo sozinho. A droga do lixo espacial acertou em cheio a antena do rádio comunicador e um dos propulsores, mudando nosso curso.

O robô não argumentou.

— Alguma hora eu arranco o chip de alcoólatra que meu pai inventou de instalar em você.

— Só para deixar claro... Não tenho nenhum chip desse tipo. Seu pai apenas me deu um programa mais eficiente de humanização.

— Eficiência que nos colocou em uma enorme enrascada.

— Seu pai queria um amigo, uma verdadeira companhia e não uma coisa artificial, sem sentimentos.

— Pare de falar no meu pai. Ele não está aqui para defender suas irresponsabilidades. — Becky ficou com vontade de chorar; sentia saudades do pai. — Se daqui pra frente você beber uma gota de qualquer bebida alcóolica enquanto estiver na cabine de controle, prometo que jogo você no ferro velho do planeta mais distante do Sistema Solar.

— Sinto muito. Vou me controlar. Palavra de honra.

— É melhor que esteja falando sério, para o seu próprio bem. — Becky parou de encarar o robô e olhou para o painel de controle diante dela. — Precisamos arrumar essa bagunça.

A garota teclou, solicitando ao computador central o mapa da nave, que apareceu em uma tela verde. O mapa mostrava todos os setores do veículo e alguns deles estavam em vermelho, indicando as avarias. Precisaria de paciência e de uns dois dias terrestres para terminar os reparos do lado de fora.

Da cabine era possível ver o pântano em que tinham aterrissado e mais duas luas próximas, à direita. Becky ao menos sabia os seus nomes: Calypso e Telesto. Tétis realizava uma órbita síncrona com Saturno, que podia ser visto mais à esquerda, pelo vidro da cabine. O local em que caíram ficava no limite entre o lado escuro e o lado iluminado pelo Sol. As horas que passariam naquele satélite, no ponto onde se encontravam, dariam a sensação de um eterno amanhecer.

Becky tentou utilizar o rádio comunicador, mas não obteve sucesso. Estava quebrado.

— Ronnie, teste o seu rádio de ondas curtas. Vamos ver se conseguimos contatar alguém civilizado nesta área — pediu a garota.

— Deixa comigo.

O robô não falou durante uns dois minutos. A dupla escutou apenas estática sendo reproduzida pelo alto-falante de Ronnie.

— Nenhum contato. Infelizmente, estamos em uma zona morta — disse o robô.

— Não é possível.

— É possível, sim. Não teremos como nos comunicar. A região é uma anomalia. Ondas de rádio não funcionam aqui. São eliminadas. Sugadas. Ninguém sabe ao certo como isso acontece.

— Nossa situação está me deixando cada vez mais desconfortável. Veja na sua enciclopédia que informações podemos obter sobre Tétis.

— Adoraria ajudar... mas você não quis pagar pelo software das luas de Saturno. Achou muito caro, lembra?

— Droga! É mesmo. Estou lisa, sem nenhum crédito.

— Teve crédito para comprar um barril de cerveja marciana antes de saltarmos para o espaço.

Becky Star ficou sem resposta. Parou de olhar o robô e deu mais uns comandos no teclado. Solicitou uma leitura da atmosfera de Tétis. Após alguns minutos silenciosos, o diagnóstico começou a aparecer em letras cor de âmbar na tela do computador.

— Ainda bem que o medidor de atmosfera está em atividade — disse Ronnie.

Becky o ignorou.

A quantidade de oxigênio na atmosfera era pequena, mas suficiente para a sobrevivência.

— É melhor você ir de capacete e levar um tubo de oxigênio — observou Ronnie, depois da leitura feita pela máquina central.

— Você não é meu pai. Vou de capacete porque quero. Vai ser menos cansativo para trabalhar.

— Eu sei que não sou seu pai — disse o robô com voz de quem está chateado. — Mas é meu dever cuidar de você.

— Sua eficiência me deixa pasma. Vamos trabalhar, Lata Velha! — Becky levantou-se da sua poltrona de piloto.

A porta da cabine abriu automaticamente quando ela se aproximou. A garota entrou em um corredor, seguida por Ronnie. Dos dois lados do caminho existiam portas que levavam a outros setores da nave. O robô se locomovia com duas finas hastes mecânicas que mais pareciam membros de um pássaro exótico. Apesar da frágil aparência, as pernas sustentavam uma armação redonda, quase como uma esfera, repleta de encaixes, um olho em forma de luneta na parte dianteira, uma antena nas costas, um pequeno alto-falante que reproduzia sua voz e um propulsor na parte inferior da carcaça metálica. Também tinha um pequeno compartimento circular, em forma de boca, que se abria para a ingestão de líquidos. Em um ponto interno, possuía um sensor de graduação alcóolica, capaz de modificar o estado de consciência e discernimento do cérebro positrônico que fora instalado no centro da estrutura. Quando o robô estava bem lubrificado, somente com óleo, ele se movimentava silencioso. Não era o caso naquele momento. Suas juntas rangiam muito depois de beber uísque ou vodca, suas bebidas preferidas.

Becky notou o barulho que o corpo metálico fazia.

— Após me ajudar com a nave, lubrifique as suas peças para curar essa maldita ressaca.

— Pode deixar, comandante! — Sua voz robótica destilava ironia.

O corredor com o teto curvado, em forma de semicírculo, apresentava arcos semelhantes a enormes costelas. Becky era tão apaixonada por aquele veículo quanto o seu pai. O modelo Besouro A-1 fora um dos primeiros da série. Já não fabricavam mais e, para alguns, poderia ser confundido com uma peça de museu. No entanto, as habilidades de engenharia de Marvin tinham alterado aquela máquina, transformando-a em um transporte único.

Os dois adentraram a primeira porta à direita, chegando ao compartimento de entrada e saída da nave. Lá estavam armazenados diversos equipamentos utilizados pelos tripulantes. Dividiam-se em três armários contendo trajes espaciais, ferramentas e armamentos. Atrás de uma porta de vidro repousavam duas roupas de astronauta. A garota acionou um botão na parede que fez deslizar o vidro. Optou

pelo uniforme azul-claro com nuances de prata. Começou a vesti-lo por cima de uma regata preta e uma bermuda curta que costumava usar quando estava somente com Ronnie a bordo da Besouro. O robô era um alcoólatra, mas ao menos não fora programado para ser um voyeur. O pai respeitava as mulheres, dessa maneira não daria uma personalidade que pudesse deixar a filha ou qualquer outra sem graça na frente de uma máquina.

Assim que Becky se vestiu, apertou outro botão na parede, revelando prateleiras com as armas. Catou um cinto com um coldre e o afivelou na cintura. Em seguida pegou uma pistola a laser. Era melhor estar prevenida se alguém ou alguma criatura a ameaçasse. Não sabia o quanto poderia ser perigoso aquele satélite. Depois, ajeitou nas costas, como se fosse uma mochila, um pequeno *jetpack*. Então colocou o capacete, fabricado com um vidro fino super-resistente e dotado de um pequeno transmissor com uma antena de rádio no lado esquerdo.

Becky tinha cabelos curtos e, desde a infância, uma trança que precisava acomodar para não ficar de fora do elmo de astronauta. Nunca cortaria aquela trança, pois lhe ajudava a lembrar da mãe que morrera muito nova. Por último, a garota selecionou quatro placas de metal em um terceiro receptáculo. Cada uma delas media um metro de comprimento por um metro de largura. Dirigiu-se à porta de saída, que abriu ao seu comando de voz. Ela sentiu a vibração do ar quando a porta foi aberta. Ventava lá fora. Uma rampa de metal se estendeu até encostar no solo oculto pela água.

— Eu levo as placas e você carrega a caixa de ferramentas — disse Becky para Ronnie após ligar o comunicador.

— Fale mais alto, eu não a ouvi — reclamou Ronnie, aumentando o volume da sua voz. — O rádio do capacete não vai funcionar aqui na zona morta.

Becky desceu pela ponte da Besouro e pisou no pântano. Mesmo com o capacete, ela conseguia escutar alguns sons externos. As águas eram rasas naquele ponto: apenas ultrapassavam um pouco a altura das canelas. Ronnie levantou a caixa de ferramentas com seus dois braços auxiliares que surgiram de dentro do corpo esférico e seguiu Becky com suas passadas desajeitadas de ave. Depois que os dois desembarcaram, a ponte se recolheu e a porta da nave fechou.

 A garota caminhou até o primeiro ponto de avaria na fuselagem da Besouro. Colocou as chapas sobre um montículo de terra e apanhou um soldador elétrico da caixa de ferramentas. Começou a consertar o estrago que ficava na altura de suas mãos, soldando uma das placas sobre o buraco. Becky demorou um pouco para terminar o serviço. Enquanto ela trabalhava, Ronnie observava ao redor como uma sentinela.

 — Precisa polir e pintar — berrou perto do capacete. — Do jeito que está, seu pai ficará uma fera.

 — Ronnie, vai me procurar em Netuno! — disse Becky. — Em um porto seguro, deixarei a Besouro impecável.

 Ela entregou para Ronnie a ferramenta que usava. Depois agarrou uma placa e ativou o *jetpack* com um comando de um joystick acoplado à engenhoca. Então, voou para o alto da nave e pousou sobre o casco, que realmente parecia o de um inseto terrestre. A cor esmeralda e reluzente do metal tinha sido descascada com o impacto do lixo espacial em diversos pontos. Ela precisaria de créditos se quisesse deixar o veículo apresentável para quando encontrasse Marvin. Isso se ela encontrasse o pai. Sabia apenas que não podia perder as esperanças.

 Ronnie chegou ao topo logo em seguida. Para voar, acionou o propulsor instalado na parte inferior do seu corpo robótico. Depositou no casco a caixa de ferramentas e entregou o soldador para Becky, que começou a consertar mais uma das avarias na Besouro.

 Enfim, as quatro placas foram afixadas. A garota estava exausta. O sol continuava no mesmo ponto do céu, dando a impressão de que o tempo não havia passado. Então, Becky se encorajou para

averiguar o buraco próximo à cabine, o qual permitira o lixo espacial acertar o sistema interno de irradiação do escudo defletor.

— Está bem danificado — disse a garota. — Vamos levar um tempo nisso. Mas posso consertar. Preciso de irídio, Ronnie. Busque para nós no depósito e traga algo para eu comer.

O robô voltou para o interior da nave e trouxe o que Becky pedira. Mais algumas horas arrastadas se passaram para que o sistema de proteção ficasse em ordem. A garota decidiu que repousaria antes de continuar o trabalho. Mesmo para o seu corpo jovem e atlético era necessário descansar. Enquanto isso, Ronnie verificaria o navegador, o comunicador e os propulsores.

Becky teve um sono agitado. Sonhou que o pai estava sendo torturado por uma desconhecida raça de alienígenas e que um deus adormecido, em um oceano da Terra, acordava para reivindicar seu império, para escravizar todos aqueles que não eram seus seguidores. Acordou em pânico, aos pulos e suando, quando Ronnie a chamou:

— Comandante...

Já sentada sobre o confortável colchão, Becky esfregou os olhos. Em seguida, perguntou para Ronnie:

— Dormi quanto tempo?

— Oito horas.

— Me sinto muito cansada.

— Você poderá descansar enquanto eu estiver fora.

— Aonde você vai?

— Preciso prospectar um metal para inserir na máquina interna de um dos propulsores avariados.

— E não tem no depósito?

— Não.

— Vou junto. Você faz a prospecção, eu cuido da sua segurança. — Becky se levantou.

— Fico honrado. Pelo visto, você me acha importante — ironizou o robô.

— Não se ache o melhor robô do universo. Quando encontrar meu pai, se você não estiver por perto, ele vai ficar decepcionado comigo. Portanto, faço pelo Marvin e por mim mesma. Não é por você, Lata Velha.

A voz robótica de Ronnie emitiu uma risadinha breve. Antes que saíssem do dormitório, Becky ainda perguntou:

— Você conseguiu consertar o navegador e a antena do comunicador?

— O navegador, sim. Está pronto. O comunicador, no entanto, não tive tempo de consertar. Mas podemos arrumá-lo no espaço, assim que tivermos zarpado daqui. Não carecemos dele enquanto estivermos nesta zona morta.

Becky foi vestir sua roupa de astronauta. Logo que terminou, os dois saíram para a prospecção. Lá fora, a garota olhou para a Besouro antes de partir em busca do minério. Percebeu que trepadeiras tinham se agarrado à parte inferior do casco da nave. A vida parecia crescer rápido por ali. Ronnie, notando a expressão de interesse no rosto da comandante, perguntou bem alto para que ela pudesse ouvir:

— O que foi?

— Essa planta agarrada na nave. Não é estranha?

— Estamos num lugar desconhecido. Tudo é estranho. Se você tivesse comprado aquele software, ficaria mais tranquila agora.

— Não precisa jogar na minha cara o que eu não fiz. Vou comprar esse negócio quando a gente chegar a um lugar civilizado!

— Pra isso precisamos consertar o propulsor.

— Liga logo o radar e vamos trabalhar.

Após a ordem de Becky, Ronnie ativou um radar de minério capaz de identificar elementos químicos em um raio de cem metros. A cada vez que o radar fazia uma leitura, os dois se afastavam mais da nave. Eles caminhavam pelo pântano. Uma grama grossa e úmida cobria a terra e, em alguns pontos, a água deixava o chão submerso.

No entanto, isso não era preocupação para Becky, pois o leitor de Ronnie também era habilitado para informar a profundidade das águas. Os dois se aventuraram somente pelos locais rasos.

Insetos parecidos com cigarras voavam solitários; às vezes chegavam perto de Becky e Ronnie, mas se afastavam. Pássaros do tamanho de pombas estavam pousados nas copas das árvores. Quando um dos aventureiros se aproximava, voavam dos galhos, mostrando sua beleza de coloração exótica.

Conforme avançavam, a floresta se tornava mais densa. Trepadeiras roxas e azuis viviam em simbiose com a mata. Flores amarelas e alaranjadas se espalhavam sobre as raízes das árvores. Espécies semelhantes a vitórias-régias rosadas flutuavam nas águas prateadas do pântano. Aves voavam ao longe; as que mais chamaram a atenção de Becky tinham um bico arqueado, o pescoço longo e as penas brilhantes como pó de ouro reluzindo no escuro.

Depois de caminhar mais de dois quilômetros, o radar de Ronnie acusou o minério que procurava. O robô e a garota vibraram eufóricos. De um compartimento do corpo de Ronnie, surgiu um braço mecânico como uma espécie de perfurador.

— Vai demorar — disse o robô.

— Não tenho outro compromisso. Eu espero — falou Becky.

Uma hora se passou. Ficaram em silêncio, sem conversar a maior parte do tempo. Ronnie exclamou entusiasmado:

— Estou quase chegando ao veio onde se encontra o minério!

— É tudo o que você diz de dez em dez minutos.

— Agora é sério.

— Ótimo. Faça o seu trabalho. Vou ter de tirar o capacete. Não preenchi o tubo de oxigênio. Usei quase tudo no trabalho externo da nave antes de dormir.

— O ar é rarefeito. Você não vai morrer.

Becky tirou o capacete. Podia respirar, mas com dificuldade. Era como se estivesse no alto de uma cordilheira em Plutão. Ao menos, sem a proteção na cabeça, escutava perfeitamente os sons ao redor. Ela estava sentada sobre a raiz de uma árvore que fornecia uma sombra fresca. Ronnie, enfim, atingiu o veio e conseguiu extrair uma boa quantidade do minério, mais até do que necessitava, e o armazenou em um saco de couro que carregaria com um de seus fortes braços mecânicos.

— Pronto — disse Ronnie.

Um cheiro forte e repentino entrou pelas narinas de Becky. Ela se levantou, colocando o capacete que permanecia sobre suas pernas no chão, e olhou para trás. Não viu nada. As folhagens se mexeram sem auxílio do vento. Por instinto, a garota sacou a pistola que trazia no coldre e apertou o gatilho na direção das folhas. Um urro se fez ouvir ao mesmo tempo em que era possível ver um líquido roxo se esvaindo de algo invisível. Num piscar de olhos, apareceu uma criatura que arremeteu na direção da astronauta.

Becky deu um pulo para o lado e atirou mais uma vez, revelando a coisa semelhante a um enorme lagarto mimetizado à paisagem. Talvez fosse uma espécie de camaleão, mas era gigante em comparação com os seus primos da Terra e maior do que a garota. Tinha dois braços, mãos com quatro dedos guarnecidos de garras afiadas. A boca estava escancarada com inúmeros dentes ávidos para dilacerar carne. Usava a cauda comprida para ajudar no equilíbrio e para impulsionar o bote. Sua coloração se confundia com o ambiente e as folhagens das árvores.

Antes que o animal investisse mais uma vez contra Becky, a garota acionou o *jetpack* e voou, fugindo de mais um ataque. Ronnie também ligou o seu propulsor e ambos escaparam do camaleão de Tétis. Voaram alto e tomaram o rumo que os levaria de volta para a Besouro. A criatura ferida se embrenhou entre as árvores, sumindo da vista dos dois.

— Essa foi por pouco — disse a garota.
— Por um fio de cabelo — comentou Ronnie.

142

— Você fotografou a criatura?

— Claro. Fotografei todas as espécies que não tenho nos meus arquivos. Se ainda não foram classificadas, podemos ganhar algum crédito vendendo aos enciclopedistas.

— Vou precisar para comprar um novo capacete. É bom ter sempre um de reserva.

— Se quiser, poderá comprar dez capacetes com a venda das fotos.

— Ótimo!

— Finalmente um elogio.

Os dois ficaram quietos o restante do percurso. Observavam a paisagem da altura de uns quinze metros. Já podiam avistar a nave, mas algo não parecia certo com a sua cor original. Quando chegaram mais perto, Becky percebeu que as trepadeiras tinham se multiplicado e abraçavam mais da metade da Besouro.

Ronnie e a garota aterrissaram. As trepadeiras eram grossas e pulsavam como veias sobre a lataria do veículo. Algo corrosivo marcava as placas de metal. Becky ficou preocupada e deu um comando de voz para que a porta se abrisse. No entanto, como se fosse uma rede, os cipós se mantiveram firmes, deixando a porta emperrada. O robô acionou mais uma vez o seu propulsor. Quando se aproximou da planta, revelou do seu interior uma haste com um dispositivo que produziu eletricidade. Ao ser atingido, o vegetal recuou, liberando a entrada. Com rapidez, os dois aventureiros adentraram a nave, fechando-a, sem permitir uma possível invasão.

— E agora, Ronnie? Você precisa ir lá fora para consertar o propulsor.

— Primeiro preciso forjar uma liga metálica para o reparo. Marvin não a ensinou a inverter a polaridade do escudo defletor?

— Ele me mostrou uma vez. Acho que sei como proceder.

— Então vá em frente. Tenho trabalho para fazer.

Ronnie foi para o laboratório e Becky se dirigiu à cabine de comando com a intenção de alterar as combinações de uma placa de circuitos para reprogramar o escudo defletor. Levou duas horas nesse serviço. Estava apreensiva, pois presenciava pela ampla janela da cabine as trepadeiras aumentando de tamanho e envolvendo cada vez mais a Besouro. Cresciam sobre os cipós grossos flores vermelhas que soltavam um pólen espesso.

Antes que Becky saísse da cabine, Ronnie chegou.

— Terminei — disse o robô. — E você?

— Vamos ver se consegui.

A garota sentou-se na sua cadeira de piloto e deu um comando para o computador central. A Besouro tremeu e as luzes internas da cabine piscaram. Uma corrente de eletricidade atacou a planta parasita. Os cipós se afastaram, as flores murcharam e o pólen queimou.

— É nossa chance — disse Becky.

Ronnie e a garota saíram da nave. O casco estava marcado pela corrosão provocada pela planta alienígena. A coisa se alimentava de metal. Ainda assim, o estrago não fora suficiente para comprometer a estrutura externa da Besouro.

Becky voou de *jetpack* em torno da nave, enquanto Ronnie começou a instalar no propulsor a peça que tinha produzido. A garota viu a alguns metros da nave um bulbo gigante, com cerca de oito metros de diâmetro, que se movimentava com a ajuda das raízes e dos cipós atingidos pela descarga elétrica. O monstruoso ser vegetal recuava vagaroso, mexendo os cipós como tentáculos e soltando aquele pólen espesso do tamanho de uma noz. A astronauta, por segurança, apontava a pistola a laser em sua direção. Se precisasse, atiraria.

Logo Ronnie deu um sinal para Becky, informando que havia instalado a peça, e os dois retornaram para a nave. Sem demora, Becky foi direto para a sua confortável poltrona de piloto e começou a decolar. Não queria demorar nem mais um minuto naquele satélite. Faltava ainda restaurar o rádio de longo alcance que dependia da antena avariada. Mas isso ficaria para outra oportunidade.

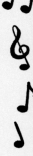

Decolaram em pouco menos de cinco minutos. Passaram pelo céu cor de chumbo azulado e atingiram a exosfera de Tétis.

— E, então, para onde vamos, comandante?

— Não precisava nem perguntar, Lata Velha! Vamos para o destino original. Iremos a Saturno procurar Marvin.

— Pode deixar a navegação comigo. Vá tirar um cochilo.

— De jeito nenhum. Vou permanecer na cabine. Não saio daqui antes de aterrissar no porto da capital. Você vai primeiro converter o escudo defletor para a polaridade correta e depois consertar a antena do comunicador.

— Às ordens, comandante.

— Ah, e não deixe de passar um óleo nessas suas juntas encarquilhadas. Sempre que você bebe fica mais barulhento que máquina de lavar roupas.

Ronnie saiu da cabine resmungando algo que Becky não escutou. A garota cruzou os braços atrás da cabeça e as pernas, jogando-as por sobre a outra poltrona de piloto. A Besouro navegou suave até atingir os anéis que embelezavam a órbita de Saturno.

In: Multiverso Pulp vol.2: Ópera espacial. Porto Alegre: AVEC Editora, 2020, p. 153-166.

A MANSÃO ETÉREA

O grupo de amigos atingiu a varanda da mansão em uma noite escura e chuvosa. Atravessaram uma floresta de araucárias que ficava ao longo da rodovia. Deixaram o automóvel em um barranco, escondido de olhares curiosos. Poucos sabiam da existência daquele casarão de madeira abandonado no meio da serra. Alguns chegavam a dizer que não existia nada naquele lugar, além de uma clareira rodeada de árvores. Não se tratava de uma lenda urbana como as outras. Sua reputação assustadora era disseminada a conta-gotas na internet profunda. Diziam que mais de uma pessoa já tinha desaparecido em seus corredores empoeirados e decadentes.

Eram dois rapazes e duas garotas. Atílio começou a filmar com o celular.

— Para quem disse que o lugar não existe. Tá aqui ó! Bem na nossa frente.

O aparelho com lente de alta definição não conseguia gravar com precisão. Parecia sofrer algum tipo de interferência e apresentava uma imagem embaçada da porta de entrada.

Léa baixou o capuz da sua capa de chuva amarela e apontou a lanterna para o puxador redondo e enferrujado.

— Quem abre? — perguntou Jonas.

Sem responder, Luiza girou a maçaneta. A falta de lubrificação nas dobradiças produziu um som agudo. Os nervos de Jonas estavam à flor da pele.

— Não vai desistir agora! — disse Léa, encarando o rapaz abalado.

Os quatro entraram. Sentiram sob os seus pés o ranger das tábuas velhas. No salão, havia móveis antigos devorados por cupins. Alguns quadros nas paredes, com mofo ocultando as fotografias e as pinturas. Tapetes desbotados. Sofás e poltronas sujos e rasgados. Poeira acumulava-se por todos os cantos e objetos. Um relógio de parede quebrado ainda preservava o ponteiro das horas.

— Acreditam em mim agora? O lugar é o mesmo daquelas fotos que eu mostrei pra vocês! — disse Atílio, cheio de razão.

— Eu não tava duvidando de você, irmão! — Jonas tentou se defender.

— Tava sim — disse Léa, colocando lenha na fogueira.

Os ânimos ficaram acirrados por um momento.

— Não viemos aqui pra brigar, pessoal! — apaziguou Luiza. — Vamos fotografar e fazer o vídeo. Talvez devêssemos também levar algum objeto conosco.

— Melhor não — alertou Jonas. — Já li sobre uma garota que pegou uma caixinha de música aqui do casarão e se deu mal.

— O que aconteceu com ela? — perguntou Luiza.

— Tá num manicômio, pelo que sei.

Por alguns segundos, o grupo fez silêncio e olhou o salão. No teto havia um lustre de treze suportes para velas. Ao fundo, uma escadaria que levava para o segundo andar, duas portas à direita e duas portas à esquerda.

— Vamos nos separar pra terminar logo com isso — disse Atílio, confiante.

— Não sei se é uma boa ideia — falou Jonas.

— Deixa de ser covarde, cara! — Léa zoou.

— Eu vou lá pra cima — Atílio disse ao mesmo tempo em que se dirigiu para as escadas.

— Vou contigo! — disse Luiza.

Os dois subiram os degraus lisos e perigosos. Alguns estavam faltando. Léa e Jonas ficaram no térreo. A garota decidida se encaminhou para abrir uma porta da esquerda. Quando percebeu que Jonas a acompanharia, o reprimiu.

— Procura outro lugar pra explorar. Quero gravar sozinha. Se tiver mesmo um fantasma por lá, vai ser meu troféu!

Sem dizer nada, Jonas se afastou até uma das portas da direita. Levantou a mão para girar o trinco, mas não teve coragem para abrir. Não sabia o que tinha do outro lado. Estava com o celular na mão. Qualquer problema, ele ligaria para a delegacia em que o pai trabalhava. Olhou para trás e percebeu que Léa não conseguira abrir a primeira porta. Porém, ela teve acesso a outra sala contígua. Com a garota lá dentro, a porta se fechou sozinha com uma batida. O coração de Jonas bateu mais forte no peito. Ele chamou:

— Léa!

Esperou um segundo e chamou de novo. Nada. Talvez ela estivesse sendo apenas arrogante, como costumava ser com ele. Jonas caminhou até a frente da porta da saída da mansão quando escutou o primeiro grito vindo do andar de cima. Depois um segundo berro. E um terceiro, ainda mais alto e angustiante. Ele tremeu. Congelou ali mesmo. Não sabia o que fazer.

No andar superior, viu Luiza correndo na tentativa de alcançar as escadas. Mas, antes que conseguisse, uma sombra de olhos flamejantes, algo com tentáculos e garras, a pegou pelo tornozelo e a puxou para o escuro do corredor.

Um suor gelado escorreu pelas têmporas de Jonas. Em uma fração de segundos, ele enxergou o corpo de Luiza sendo arremessado para o centro do salão onde estava. Ela caiu com o pescoço quebrado em uma posição horrível sobre um dos velhos sofás.

Jonas gritou como se fosse a última coisa que pudesse fazer. Então, tentou acertar as teclas digitais do celular para ligar para a polícia. Enxergou mais uma vez a coisa, naquele momento dependurada

no lustre. Para afastar aquela visão de sua retina, se virou e correu. Seus pés chegaram a tocar as tábuas da varanda. Mas algo gelado o prendeu pelo pescoço, impedindo sua fuga. O celular escapou de suas mãos enquanto se tornava prisioneiro.

A porta do casarão fechou e o silêncio se tornou sepulcral.

***

No dia seguinte, as autoridades encontraram o carro dos jovens escondido num barranco próximo da estrada. Seguindo as pegadas impressas no barro, chegaram em uma clareira. Por lá, a polícia encontrou somente o celular de Jonas entre o nevoeiro insistente que quase nunca se dissipava daquele lugar maldito. Não havia nenhum sinal da casa. Quando alguém da região dizia que a estrutura existia, logo era taxado de oportunista ou maluco. Mas, na verdade, todos por ali sabiam ou já tinham ouvido falar da mansão etérea. Só não queriam admitir. O sobrenatural não devia ter espaço em suas vidas. O pessoal da cidade mais próxima afirmava que comentar sobre o casarão mal-assombrado costumava trazer azar. Assim, preferiam evitar discussões sobre o que não conseguiam compreender.

O que os moradores da serra não contavam era com a propagação de sua lenda particular pelos caminhos obscuros da internet profunda. O mal, se fosse fortalecido, sem dúvida deixaria seus domínios em breve. Ninguém seria capaz de escapar de sua fome voraz.

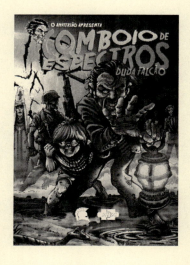

www.avec.editora.com.br

Este livro foi composto em fontes Capitolina e Pulpo Rust,
e impresso em papel pólen soft 80g/m².